離婚前提子づくり婚!
のはずでしたが冷徹公爵さまの
溺愛に囚われました

七里瑠美

Vanilla文庫

Contents

離婚前提
子づくり婚のはずでしたが！
冷徹公爵さまの溺愛に囚われました

イラスト／ｋｕｒｅｎ

【プロローグ】

今日は、まもなくやってくる春を予感させるかのように、午前中から日差しはぽかぽかとしていた。

ドラモント公爵家の応接間は、この家が長年続く名門の家系であることを語っている。質のいい年代物の家具で統一された室内は、時間がゆっくり流れているようだった。

ソファに腰かけたフィオナは、緊張の面持ちを隠せずにいた。背筋をピンと伸ばし、みっともない姿勢になっていないことを祈る。

もし、ここで話を成立させることができなかったら、フィオナの将来は閉ざされてしまう。相手にはできる限りいい印象を持ってもらいたかった。

「……フィオナ・マーセルです。閣下」

「フィオナ嬢。マーセル伯爵からは、君はこの話を断るつもりはないと聞いたが」

ゆったりとソファに腰かけた公爵は、口元に笑みの欠片《かけら》らしきものを浮かべて問いかけてきた。

無造作に整えられた黒髪。鋭い光を放つ黒い目に、こちらは萎縮《いしゅく》してしまいそうになる。彼の表情が何を意味しているのか、フィオナには判断できなかった。

「……断れませんね」

どんな表情を選べばいいのかわからないまま、フィオナもまた薄く笑って返す。

社交の場に出る機会が少ないフィオナでさえも、〝彼〟の噂《うわさ》ぐらいは聞いている。

「公爵閣下。あなたは、子供をもうける必要があるが、愛情は求めていない……のですよね？」

そう口にすれば、彼は驚いたように目を見張った。

――言葉に気を付けなくては。

どうしても、この取引は成立させたい。はやりそうになる心を、懸命に押し殺す。公爵は、フィオナを見透かそうとしているように、まっすぐにこちらを見つめてきた。視線に絡めとられているみたいに身体《からだ》が強張《こわば》る。

「なぜ、そう思った？」

「王都の噂話です。閣下は、閣下との縁組を望む女性に『愛は期待するな』とお話をされると聞きました。求めるのは子をなすことだけだ、と」

た。

「その通りだ」

最低だろう？　と、公爵は笑う。自嘲の笑みだろうか。今度の笑みは、どこか歪《ゆが》んでいた。

交渉する余地はありそうだ。少なくとも、フィオナはそう判断した。

ならば、フィオナが口にするのは一つだけ。

「――では、私も閣下と同じですね。私もあなたの愛は望みません」

自分の判断が正しいことを祈りながら告げたら、公爵は驚いたような顔になった。今まで、彼にそんな言葉を投げた者はいなかったらしい。

――そう、愛なんて望まない。

フィオナが求めるのは、自分の自由と未来。

「私が閣下の子を産みます」

宣言した。彼の目をまっすぐに見つめて宣言した。

もう後戻りはできない。フィオナ自身の手で、運命の歯車を回してしまった。

フィオナの発言があまりにも衝撃だったのか、公爵は腰を浮かせかける。

ドキドキする心臓を抑えつけながら、フィオナは彼の答えを待った。

【第一章　思いがけない取引】

マーセル伯爵家の娘であるフィオナの朝はまだ暗いうちに始まる。使用人達が起き出す時間より、ベッドを出るのは早い。

洗面を済ませたら、慣れた手つきで艶のある金髪を結い上げ、一人で身なりを整える。

使用人を煩わせないために、フィオナの日常着は他人の手を借りずに脱ぎ着できるものが多い。

鏡に映る自分の顔を見つめれば、生真面目そうな緑色の瞳が見つめ返してきた。

――今日も、問題なさそうね。

顔色は今日もいい。健康に異状がないことをざっと確認し、急ぎ足に父の執務室に向かう。

まだこの時間帯は、使用人達も身支度をしているところ。屋敷の中は静かだ。

誰もいない執務室は、今朝も静寂に満たされていた。

部屋の中心には大きなオーク材のデスクが鎮座し、書類の山が積み上げられている。

さっとカーテンを開き、窓を開いて新鮮な空気を入れる。ひとつ、呼吸をしてからデスクに座った。これから、朝食までの時間に一仕事終えなければ。

フィオナは単なる代理だが、本来、当主の仕事は多岐にわたる。

領地の管理、財政の監督、領民の福祉等、国の方針からそれないようにしつつも、自領を守るための政策は独自に立てていかねばならない。

――先に、請願書を確認した方がよさそうね。

最初に手に取った領民からの請願書は、市場へ続く道の改修工事を求めるものだった。先日の嵐で何本か木が倒れたのだが、急いで木を撤去した際に道が破壊された箇所があるのだという。

そこは緊急で工事を行うことにして、予備費から予算を振り分ける。

――今年は嵐が多かったわね。もしかしたら、これから新たに工事が必要な場所が増えるかも。

予算の見直しを行うこと、とメモをつけて、次の仕事に移る。

フィオナの手は止まることなく、書類を確認し、差し戻すものと承認のサインをするものに振り分けていく。代理で書類を読んでいるのがフィオナとはいえ、最終的には当主である父のサインが必要だ。

それから、手紙の束に移る。返事の必要なものには、返事を書き、父がサインだけすればいいようにしておく。

父が署名すればいいところまで準備するのが、フィオナに与えられた役目。あくまでも、フィオナは父の仕事を代行しているだけという建前だ。

仕事がある程度片付いた頃、部屋の外の世界も目覚め始める。

外から響いてくるのは、新鮮な牛乳を届けにやってくる荷車の音。

執務室の扉の向こう側では、使用人達がせわしなく行き来し、屋敷の主《あるじ》家族が朝食に来る前に仕事を片づけようと必死だ。

——そろそろ朝食の時間ね。

早朝からの仕事で強張った身体をほぐしながら立ち上がる。

急いで食堂に向かえば、もう家族は全員そろっていた。

父はともかく、継母《はは》と異母妹《いもうと》は、しばしばパーティーに出かけ、明け方まで帰ってこないことも多い。この時間に全員そろっているのは珍しい。

父は新聞を読みながら、コーヒーカップを口に運び、継母は優雅な手つきで果物を切り分けていた。継母の朝食は果物とコーヒーだけだ。

「フィオナ、食事の時間には遅れるな」

と、新聞から目を上げた父から挨拶よりも先に叱責される。

「申し訳ありません、お父様。今朝は仕事が多くて……仕訳は終えてあります」

「そうか」

父の代理でフィオナが仕事をしているのは常識外れなのだが、この家では誰もそれを気にしていない。父も当たり前のようにフィオナが仕事をするのを受け入れている。

軽く報告を終えたフィオナが席につくと、メイドが皿を持ってやってきた。

焼きたてのパン、ハーブとチーズのオムレツにサラダ。早朝から仕事をしていたので、空腹だ。

「お異母姉様《ねえさま》は、昨日の夜は何をしていたの？　ウィスタリア伯爵家のパーティーは素敵だったわ」

こちらも継母同様、果物とコーヒーだけで朝食にしている異母妹のミリセントが声をかけてくる。

継母似の柔らかな色合いの金髪は、今は肩から背中に流されていた。無邪気な笑みを浮かべた彼女は、悪気なさそうに青い目を煌《きら》めかせた。

無邪気な表情とは裏腹に、ミリセントの問いかけには軽い挑発が含まれているが、それはいつものこと。

「……一人で静かに過ごしたわ」

「たまにはお異母姉様も外に行かなくちゃ」

フィオナは、心の中でつぶやいた。

──外に出る機会がないんだもの。着るものも。

社交の場に出る機会が皆無とは言わないが、新しいドレスはミリセントのもの。新品がフィオナに与えられることはなく、ミリセントが着なくなったものを手直ししている。このところ忙しくて手直しの時間が取れなかったため、外に着ていけるようなドレスがないのも事実。

──午後にでも、ドレスを直した方がよさそうね。

コーヒーカップを口に運びながら、心の中でため息をつく。

いずれにしても、友人に招かれて近々出かけることになっている。その時になって慌てるより、今のうちにドレスを準備しておいた方がいい。

茶会用のドレスで、着用していないものがあったはず。それを直して着よう。

「お茶会の招待状はできているのかしら?」

そんなことを考えている間に、今度は継母が問いかけてきた。

「今日の午前中には、仕上がります。終わったら、お部屋に届けさせますね」

そう、とだけ返した継母は、すぐにフィオナへの興味を失った。

果物をナイフで切り分け、口に運び、フィオナにはわからない話題で、隣のミリセントと盛り上がっている。

食事が進むにつれ、三人の会話は日常の出来事や今日の予定へと変わっていくが、その輪からフィオナははじき出されていた。

無言のまま、オムレツを口に運ぶ。バターたっぷりのオムレツは、上出来だ。焼きたてのパンに気を取られているふりをして、ひたすら空気に徹する。

この家でフィオナだけが、よそ者みたいだ。一応、父の血を引いていることには変わりがないのに。

――いえ、私が家族だったことはあるのかしら。

それは毎日のように繰り返している心の中の問い。

ラトランド子爵家の娘だったフィオナの母と、マーセル伯爵家の跡取りである父との婚姻は、両家の間で決められたものだと聞いている。

子爵家の娘である母が父に嫁いだ裏には、子爵家ながら裕福なラトランド家からの援助を期待したという事情があったらしい。

もともと交際していた女性がいた父は、母との結婚に不満を覚えても、両親には逆らえなかったようだ。

しぶしぶ母と結婚してフィオナが生まれたが、結婚後も恋人との縁を切ることはなく、別宅をもうけ、そちらに恋人を住まわせて通うようになった。

フィオナが生まれた一年後には異母妹のミリセントが生まれ、こちらの屋敷に戻ることも少なくなった。

そして、フィオナが六歳になった頃。フィオナの人生は大きく変化した。

母方の祖父――ラトランド子爵が亡くなったのだ。

ここプラドリア王国では、よほどの事態がない限り、爵位を継げるのは男性だけ。母は一人娘だったから、ラトランド子爵家は爵位を国に返すことになった。

この頃にはマーセル伯爵家への援助を続けた子爵家の財産も大半が失われていて、母との婚姻を続ける理由もなくなったらしい。

そんなわけで、父は祖父が亡くなったとたん、母とフィオナを屋敷から追い出した。

父の両親である先代のマーセル伯爵夫妻も亡くなっていたから、父を止められる者はいなかった。母との結婚は、先代のマーセル伯爵が強く望んで実現したものだったと聞いている。

父と別れ、生家も失った母は、フィオナと共に平民として下町で暮らすことになったが、生活には困らなかった。

祖父の遺産もあったが、母は結婚前に祖父の手伝いを熱心にしていて、帳簿をつけられたのだ。

商家には帳簿や法律に詳しくない者も多い。無駄な出費をしていたり、払わなくてもいい税金を払っていたりする者もいる。

母は彼らの帳簿を確認し、納める税金を計算したり、必要があれば訂正したりすることで、対価を得て生計を立てることにしたのだ。

そして母にとって幸運だったのは、その頃、ランティス商会という隣国アーセラム王国の大きな商会がこちらの国に進出してきたこと。隣国とこの国での税制の違いを知るために、商会長は母を雇うことにした。

採用の理由には、元貴族という経歴も大きくものを言ったのだろう。だが、母は与えられた対価にふさわしい成果を上げた。商会長も、フィオナを可愛《かわい》がってくれて、今でも商会とフィオナの縁は切れてはいない。

――私も帳簿付けを覚えておいてよかったわよね。この家を出てもなんとかなるもの。

などと考えている間に、家族は次々に食卓を離れていく。この人達を家族と呼んでいいのだろうかと思いながら、フィオナも朝食を終えた。

朝食を終えると、執務室には父が入る。

フィオナが仕分けておいた書類や手紙にサインをしたら、父の仕事は終了だ。一時間もかけずに仕事を終えて、自分の社交の場へと出かけていく。

継母と異母妹は、日の当たる居間でおしゃべり。今日はこれから、新しいドレスを仕立てるために仕立屋を呼んでいるらしい。

その頃、フィオナは家政婦が家事を行う家事室に移動していた。家政婦と共に継母が開く茶会の招待客のリストを確認する
「……新しいティーセット、必要かしら？」

「と、思うのですが……今回のお客様は、高貴な方が多いから、と」

「お継母様《かあさま》もほどほどにしてくだされぱいいのに」

このところ、買い物をする回数も一度にかける金額も跳ね上がってきている。ミリセントの縁談探しが本格化しているから、社交にかける金額が大きくなるのもしかたないというのが継母の言い分だ。

——だからと言って、私に何ができるわけでもないし。

出入りの商人にティーセットの見本を届けてもらうよう手配したら、招待客のリストに

取りかかる。

招待状を書き終えたら、休む間もなく今夜のメニュー作り。

厨房《ちゅうぼう》で昼食を軽くとって、自分の部屋へ。これからようやく自分の時間だ。

だが、のんびりする時間はフィオナにはない。ミリセントが着なくなったドレスを直すのに午後中を費やした。

若草色の茶会用ドレス。ミリセントと服のサイズはほぼ同じなのだが、そのまま着るわけにもいかない。

袖口と襟のレースを外して、別のものに付け替える。肩から手首のところまで、小さな花を刺繍《ししゅう》する。

スカートの裾には、茶色のリボンをぐるりと縫いつけるつもりだ。ここまですれば、ミリセントのドレスの面影はほとんどなくなるだろう。

フィオナの一日は、こうして過ぎていく。手を動かしながら、また考え込んだ。

下町で育ったのは、母が亡くなった十四の頃まで。それまでの間に、帳簿付けの技術は身に付けていたから、母の仕事を受け継いでいくつもりだった。だが、迎えに来た父は、強引にフィオナを伯爵邸へと連れ戻した。

――外聞が悪いと思ったのかしらね。

針と糸を器用に操り、裾にリボンを縫いつけながら心の中でつぶやく。一度追い出した娘のことなんて、父も忘れたままでいればよかったのに。

――十八になったら、この家を出ていける。

貴族の場合は、十八歳が成人とされている。

平民はそれ以前でも家を離れたり仕事をしたりするが、十八歳未満の貴族の娘が家を出ようと思ったら、結婚以外の手段はない。

――お父様も私の結婚相手を本格的に探し始めているし……。

貴族の娘ならば、十八歳の誕生日を迎える頃までには婚約が決まっているものだ。早ければ、十六、七で結婚する者もいる。

だが、父が見つけてくる相手はあくまでも「家のため」になる相手。そこにフィオナの意思が反映されることはない。

実際、ふた月ほど前に見合いをしたのは、父より年上で、フィオナと年の近い令嬢のいる男性だった。どうしても跡取りとなる男児が欲しく、若い後妻を捜していたらしい。

フィオナとしては気が進まなかったのだが、相手の方は乗り気で、正式に婚約しようというところまで話が進んでしまった。

思いがけず相手がぽっくりと亡くならなければ、無理矢理嫁がされていただろう。

――そろそろ、逃げ出すことも真面目に考えた方がいいかも。

十四歳でこの屋敷に連れ戻されてからというもの、貴族の生活にはうんざりすることばかりだった。

家を出て、母と暮らしていたあの場所に戻りたい。そう願うのは間違っているだろうか。

翌日、フィオナの姿は街中にあった。

貴族の娘が出かける時には、きちんと付き添いをつけるものだが、フィオナは一人だ。

以前はメイドがついてきていたのだが、フィオナが「付き添いは不要」と言ったことで、今は一人で行動できるようになっている。

これもまた、父がフィオナには関心がないということを示している。

ミリセントが同じことをしたならば、「きちんと使用人を同行させるように」と叱るに決まっているし、使用人の方も多少強引でも同行を諦めようとは思わないだろうから。

「フィオナ様、お待ちしておりました！」

フィオナが足を踏み入れたのは、ランティス商会のプラドリア本店であった。

母の頃から世話になっているランティス商会は、隣国のアーセラム王国に総本店を置く商会だ。

この王都だけでも、輸入した茶葉を商う店や飲食店の経営、はたまた薬草の類《たぐい》を扱う薬局にいたるまでランティス商会の商売は多岐にわたっていた。この店では、本国から運んできたレースや、リボン、服地等を商っている。

「ごめんなさい、少し遅くなってしまった？」

「いいえ、時間通りですよ」

丁寧に腰を折ったのは、プラドリア支部副支部長兼この店の副店長である。ここは、ランティス商会がこの国で展開している業務すべてを集約している場所でもあった。

店の奥には広い事務室があり、そこではたくさんの従業員が書類仕事に従事している。

「いつものようにお願いね」

フィオナが手提《てさ》げカバンから取り出したのは、図書館から借りた本であった。

この国では、国民の図書館利用が大いに推奨されている。

貴族の娘なので、家の図書室に行けばいくらでも本はあるし、頼めば買ってもらえるかもしれないが、あえてそうしない理由があった。

「では、流行《はや》りの小説を借りてまいります。どのようなものを？」

「恋愛小説と探偵小説がいいかしら。二冊ずつ、お願いね。前借りたものとかぶらないようにしてもらえる？」

「かしこまりました」

副店長は、従業員を呼び、フィオナの希望を言いつける。以前、何を借りたのか商会の方で記録をつけてくれているから、これ以上の指示は必要ない。

本を抱えた使用人は恭しく一礼すると、急ぎ足で部屋を出ていった。

「では、始めましょうか」

フィオナが月に二度、この店を訪れるのは、今でも帳簿付けを手伝っているからだ。

もともと、母がこの店の帳簿付けを手伝っていたのを引き継いだ形だ。

図書館の本を持って出てきているのは、「月に二度ほど図書館に行き、館内で静かに読書をしてから本を借りて帰宅している」というアリバイ作りのため。

実際、フィオナがどこにいるかなんて家族の誰も気にしていないが、貴族の娘が仕事をしているというのは正直外聞がよろしくない。

帳簿付けの仕事をしていることは当然秘密。あちこち出入りして人目につくのは避けたく、通うのはこの店だけと決めている。

商会側も協力的で、ランティス商会の関連店舗だけではなく、他の店の従業員がここに帳簿を持ってきて、フィオナが確認できるように手配してくれていた。

「レナはまだ戻らない？」

レナは全世界で商売を行っているランティス商会長の孫であり、商会のプラドリア支部を任されているフィオナの友人だ。フィオナに便宜を図れるのも、レナが仕事で結果を残しているからである。

レナは、今はアーセラム王国にある実家に帰っている。数か月の予定と聞いていたのだが、少し長引いているようだ。最初に聞いていた話では、そろそろ戻ってくるはずだったのに。

ちらりと奥にある支部長のデスクに目を向ける。『レナート・ランティス』という名の書かれた札以外は何も置かれておらず、主がしばらく留守にしているのは明らかだ。

「フィオナ様とお会いできないのが残念だと手紙に書いてありました」

「私も残念よ。レナとおしゃべりするのが楽しみだったのに」

この店に来る度に、レナとおしゃべりをするのは、仕事に来る上での楽しみの一つでもあった。けれど、仕入れであちこち飛び回ったり、本店のある隣国に呼び戻されたりでレナは留守にしていることも多い。

プラドリア王国内の支店すべてを任されているが、レナが特に重視しているのは服飾品だ。服飾品を商う店舗の中でも、中心となる店はレナ自ら商いを行っている。

本人もお洒落《しゃれ》で、フィオナが身に着けている品を誉めたり、駄目な点を指摘したりするし、流行の品を安く譲ってくれることもある。

レースやリボンもランティス商会の系列店に行けば、従業員割引価格で買えるようにしてくれた。

ミリセントから譲られた服しか着る物がなくても、最低限の身なりを調えられているのは、レナの協力によるところが大きい。

「そうそう、今年の流行は緑だそうですよ」

「緑ね、わかったわ……染め直すしかないかしら」

今はレナが留守にしているので、副店長が情報を提供してくれる。

さすがに伯爵家の厨房で染めるわけにもいかないので、庭師の小屋を借りて染めているが、ドレスを染め直すのももうお手のものである。

染料もランティス商会で買えるのはありがたい。

夜会用のドレスのうち、緑に染めても問題なさそうなのは薄い色合いのものだろうか。

頭の中でそんなことを考えながら、フィオナは素早く帳簿を繰り、数字を確認していく。と、仕事をしながら副店長は雑談を持ち掛けてきた。

「今年の夜会は盛り上がりそうですね。ドラモント公爵の花嫁探しが加速しているそうで」

「ドラモント公爵……？　でも、あの方は結婚しないおつもりだって噂には聞いているけれど」

ドラモント公爵家は、前王の弟が公爵位を賜って興した家だ。つまり、今名前の挙がった彼は、現国王の従兄にあたる。

「国王陛下のご命令だそうですよ。なんでも、王族を増やさねばならないのだとか」

今日の副店長は、時間に余裕があるらしい。フィオナとは別の書類仕事をしながらも、彼の口は止まらない。

「ここ、数字が合っていないわ。確認してくださる？　たしかに陛下と公爵閣下しか主だった方は残っていないのだったわよね」

納得しながら、帳簿の一点を押さえて指示を出す。

数年前の流行り病により、前国王だけではなく、かなりの王族が亡くなった。

はるか遠くまで先祖をたどれば、王位継承権を持つ者が残っているかもしれないが、国民が納得できるだけの血の濃さを持っているのは現ドラモント公爵フレデリックぐらいである。

国王も結婚はしているのだが、王妃との間に子供はいないから、王族の数を増やすのは急務だとフィオナにも理解できた。

「公爵家ならいくらでもお相手が見つかりそうなものなのに」

直接顔を合わせたことはないが、ドラモント公爵は、まだ二十四歳。国王の従兄であり、裕福な公爵家の当主。財にも容姿にも恵まれている上に、性格が破綻《はたん》しているというような噂もない。

結婚相手を探すのに、苦労するようには思えなかった。

「それが……子供を産むことだけを求めていらっしゃるようで。公爵家当主夫人としての社交上の役割も期待していないのだとか」

「……そうなの？」

「お見合いを重ねても、なかなか条件の折り合う方がいないそうですよ」

「それはしかたないわよね……そんな条件ならば、信頼関係を築くのも難しいでしょうし」

「愛があれば乗り越えられるかもしれませんがね……おっと、余計なおしゃべりをしてしまいました」

苦笑いした副店長は、話を打ち切って自分の仕事に戻る。

――貴族の結婚に、愛は関係ないといっても……最低限の信頼は欲しい気もするわ。

と、考えながら数字に目を落とす。貴族の結婚に愛が関係ないのは、両親というわかりやすい例が身近にある。

――帳簿は問題なさそうね。

今やっているのは最終的な確認程度のもので、大きな間違いはなさそうだ。

近いうちに、公爵の結婚という華々しい行事がこの国の経済を大いに動かすことになるだろう。この店にとっても、大きな商機となるはずだ。

――その頃には、私も自由になっているかしらね。

十八になったら、ランティス商会の正式な商会員にしてくれるとレナが約束してくれている。プラドリア本店で帳簿付けの他、書類仕事をさせてくれるそうだ。

見習いからのスタートだが、そんなことはまったく気にならない。今まで通り、ランティス商会に属していない店の仕事も続けていいという好待遇。

自由になる日が待ち遠しい。そこまでに、足元をしっかり固めておかなくては。

ランティス商会の仕事に行った翌日。今日も、早朝から執務室で帳簿を確認しながら、フィオナはため息をついた。

――お父様に、少し支出を抑えていただくようお願いしないと。

フィオナの結婚はまだ決まっていないが、異母妹のミリセントも適齢期である。

ミリセントを少しでもいい相手に嫁がせるというのが家族の希望であり、相手を探すために継母やミリセントが社交の場に出ていく機会が増えていた。

それはいいのだが、出費の方がそれに比例して増えている。服飾費だけで去年の倍近いというのはいくら何でも多すぎる。

——ミリセントの美貌を考えれば、いい相手に嫁がせたくなるのもわかるけど。

地味なフィオナとは違い、ミリセントには華やかな美しさがある。

父がミリセントをよりよい家に嫁がせようとするのも、継母がそれを後押ししているのも理解はできるのだが、物には限度というものがある。

——お父様と、二人で話をする時間をとらなければ駄目ね。

服飾費を少し節約するよう求めたなら、継母とミリセントが騒ぐのは目に見えている。父から二人に言ってもらった方が、納得してもらえるだろう。

話をする機会を探していたら、翌日の朝食の時に、父から話をする時間をもうけるようにと命じてきた。

——お父様の用事って何かしら。

気が重いながらも朝食を終えてすぐ、呼ばれた執務室に入る。朝食前に仕分けをすませた書類仕事を、父はもう終えたようだ。デスクの上は綺麗《きれい》に片付いていた。

「お前の縁談が決まった」

「縁談、ですか。お見合いではなく？」

あまりにも思いがけない話に、思わず問い返してしまった。父に問いを返すなんてめったにないのに。

「見合いだなんて悠長なことをしていられるか。相手はドラモント公爵だ」

昨日、聞いたばかりの名前が出た。フィオナの結婚相手としては、あまりにも思いがけない名だ。

「お父様、私が公爵閣下に嫁ぐなんて。ミリセントの方がふさわし――」

「黙れ！」

いきなり父が大声を上げて、フィオナは首をすくめた。フィオナ相手とはいえ、父がこんな風に声を荒らげるのは珍しい。

「お前は黙って私の命じる相手に嫁げばいい。今日の午後、公爵との顔合わせだ。私と彼の屋敷に行ってもらう」

「――なっ」

いくらなんでも急展開すぎる。

──公爵様の花嫁探し、私が考えているより難航しているのかしら。

聞いた噂話が、頭の中を駆け巡る。フィオナのところにだって、噂話ぐらい届くのだ。

「ですが、お父様」

なおもフィオナが反論しようとしたら、父はぐっとフィオナの方に身を乗り出してきた。

「私の命令が聞けないというのか？」

フィオナは唇を引き結んだ。父が大声を出すことは少ないものの、表情で脅しをかけてくるのは珍しくなかった。

フィオナと母の人生は、この男に振り回されてきた。

母の後ろ盾である子爵家がなくなったとたん、フィオナと母を放り出した。

母子二人、つつましくも幸せに生きていたのに、再び貴族の世界に引き戻された。

貴族の世界に引き戻しても、フィオナを娘として気にかけたことすらなかった。

フィオナは、この屋敷の中でも異分子。

ただ、寝食を共にしているだけで、誰もフィオナを家族の一員として認めていない。たとえ、娘、姉と呼んでいたとしても。

それでも、利用する気はあるらしい。

父はデスクの引き出しから、ベルベットのケースを取り出した。その蓋を開き、中身をフィオナに見せながら箱をゆっくりと揺らす。

「それは、お母様の！」

思わず大きな声が出た。

それは、先日修理に出した母の形見。中に祖父母の肖像画、反対側に幼い頃のフィオナと母の肖像画が入ったロケット。

屋敷から追い出されたあと、生活がどれだけ苦しくなっても母はこれを売ろうとはしなかった。代々受け継いだ大切な品だから、と。

『あなたの子供にも、これを受け継いでほしいのよね。おじい様のお母様がお嫁入りする時に持参した品なのですって』

時々取り出して手入れをしながら、そう口にしていたのを思い出す。

古風なデザインだが、歴代の持ち主が大切に手入れしてきたために状態はいい。フィオナもずっと身に着けていたけれど、留め金が壊れて修理に出したのは先日のこと。なぜ、それが、父の手元にあるのかまったく理解できなかった。

「返してください！　それは、私のです！」

デスク越しに手を伸ばすが、父はフィオナの手の届かないところにひょいと移動させる。

身長差もあり、必死で手を伸ばしても届かない。

反対の手で、フィオナの手をバシッと払うと、父は笑った。

「どうせ、お前は私の命に逆らうだろうと思ったんだ。前回の見合いの時にもふてくされた顔をしていたしな？」

「……そんなこと」

上手に取り繕っていたつもりだったが、不満は隠しきれていなかったか。父に見透かされてしまうとはまだまだだ。

「返してください……！」

届かないとわかっているけれど、手を伸ばす。再び箱は、遠ざけられた。

「約束をしよう。それを果たしたら、返してやる」

「約束？」

どんな約束をしようというのだろう。手を伸ばした姿勢のまま、フィオナは固まった。

「公爵は、後継者をお望みだ。お前は嫁いで、公爵家の後継者を産め」

「……それは」

公爵は子供を産んでくれる女性を求めているのであって、妻を求めているわけではない。

それを承知しながらも、父は公爵との縁を繋《つな》ぎたいらしい。

道理で、ミリセントではなくフィオナにこの話を持ってきたはずだ。

かった。

「しつこいぞ？　それとも、これを捨てられてもいいのか？」

再び、ロケットを入れた箱が揺らされる。これ以上、父に逆らうなんてできるはずもなかった。

――どうしよう。

フィオナの人生設計において、公爵家に嫁ぐという選択肢はなかった。十八歳になったら家を出る――それしか、考えていなかったのに。

「……本当に返してくださいます？」

「くどいぞ。私が信用できないと？　お前は、私の言う通りにすればいい」

そもそも、父を信用できる関係ではない。だが、険しい声音で言われたら、それ以上何を言っても無駄だ。

無言のまま頭を下げて、部屋を出る。

結局その日は、家政婦に何があったのか心配されるほど、家事にも身が入らなかった。

午後になって、しぶしぶと支度を始める。手持ちの訪問用ドレスの中で一番上質のものを選び、髪は地味な形にまとめて薄く化粧を施した。

馬車には話をつけてきた父が同乗しているが、馬車が動き始めても、父と娘の間に会話はなかった。

——まさか、公爵閣下とのお話が私に回ってくるなんて。

車内で化粧や髪型が崩れていないかを確認しながら、今日何度目かのため息をつく。

十八歳になり、自分ですべてを決められるようになるまで——なんて、ぐずぐずしていないで、もっと早く逃げ出していればよかっただろうか。

——でも、十八歳になる前に家を出れば、レナ達にも迷惑をかけてしまうかもしれなかったし……。

もし、成人前に家を出て、ランティス商会に匿《かくま》ってもらったとしたら。

そして、ランティス商会とフィオナの繋がりに父が気づいたとしたら。

ランティス商会が、貴族令嬢であるフィオナを誘拐したのだと言いがかりをつけて商会に圧力をかけることもできる。多少横暴でも、貴族はそれが許されるのだ。

成人していれば、父がフィオナを無理矢理連れ戻そうとしたとしても、対抗する方法はいろいろある。だからこそ、成人するまではこの家に残るという選択をしたのに。

——でも、ここまで来たらそんなことを言っている場合ではないのかもしれないわね。

今、一番大切なのは母の形見を取り戻すこと。ならば、どうすればいい？

馬車の揺れに身を任せながらも、頭の中は目まぐるしく回転していた。

「いいか？　余計なことは言うな」

「……はい、お父様」

静かな馬車の中、父が口にしたのはそれだけ。

気まずい沈黙に耐えている間に公爵邸につき、父とフィオナは応接間へと案内された。

「マーセル伯爵とご令嬢をお連れしました」

「入ってもらえ」

扉をノックした使用人の言葉に、中から返ってきたのは低い声。

今までも緊張していたのに、それが一気に強まったように感じられた。

喉がカラカラになっている。胸に手を当て、深呼吸を繰り返す。父は、まったく動じていない様子で室内に歩を進めた。

「娘を連れてまいりました、公爵閣下」

ソファから立ち上がり、一応はこちらを迎え入れる姿勢を見せてくれた男性。

彼が、ドラモント公爵フレデリックだろう。室内には、他に人はいなかったから。

黒い髪は、自分の見た目にはこだわっていないのだと主張しているかのように無造作な形に調えられている。だが、それさえも彼の美貌をより引き立てる要因でしかなかった。

秀でた額、切れ長の黒い目。きつく結ばれた口元は、彼が不機嫌であると如実《にょじつ》に示していた。

――ああ、やっぱり。

父がどんな風に話を持ちかけたのかはわからないが、今回の話、公爵にとっては不本意以外の何ものでもなさそうだ。

花嫁探しが難航しているから、しかたなくフィオナと会う気になったというところか。

「……立ったままというのもよくないな。座ってくれ」

「ありがとうございます」

そう返した父に続いて、フィオナもソファに腰を下ろす。上質なソファは柔らかく身体を受け止めてくれたけれど、緊張は解けなかった。

フィオナの前で、父は着々と話を進めていく。フィオナをこの家に嫁がせることによって、伯爵家に援助をしてくれるという約束になっているらしい。

――やっぱり、そういうことだったのね。

父も、財政が傾いていることには気づいていたのだろう。その解決方法として一番手っ取り早いのは、フィオナを裕福な相手に嫁がせること。

フレデリックが出してきた条件を考えれば、ミリセントではなくフィオナをここに連れてきた理由もわかる。

父とフレデリックの会話に口を挟むことなく、静かにそんなことを考えている間に話がまとまると、フレデリックは父の方に目を向けた。

「令嬢と二人で話がしたい。かまわないな?」

「もちろんです、閣下」

へりくだっているのは父。それを見ていれば、二人の力関係は明らかだ。

――決めたわ。

ここまで来て、ようやくフィオナも心を決めた。

退出する前に父は、フィオナの耳元で囁《ささや》いた。

「余計なことは言うな」

「わかっています、お父様」

もっと早く、こうするべきだった。父のことは、完全に心から切り捨てる。

「フィオナ・マーセルです」

ドキドキしているのを悟られないよう、姿勢を正してから、改めて名乗った。

「フィオナ嬢。マーセル伯爵からは、君はこの話を断るつもりはないと聞いたが」

「……断れませんね」

相手にどう対応すべきか迷いながら、フィオナもまた薄く笑って返す。

父の思う通りに動くしかない自分の身が、どこかおかしく感じられたが、裏を返せばフィオナにとって都合のいい状況を作る絶好の機会でもある。

フレデリックの前でこんな表情を見せた者はいなかったのだろう。彼がわずかに眉を上げる。

会話の糸口を探して視線を巡らせる。

部屋の隅には、繊細な彫刻が施された本棚があり、古い革製の本の背表紙が整然と並んでいた。

何人もの客が、この応接間でもてなされてきたのだろう。その中で、フィオナが今から持ちかけようとしている常識外れの提案をした客が何人いたことか。

フィオナが話を始めるのを待っているかのように、フレデリックは長い脚を組み直す。

その仕草には優美さが溢《あふ》れていて、下町育ちのフィオナと彼との間には、大きな違いがあると突きつけてきた。

「――それで、フィオナ嬢。あなたは、俺に何を要求するつもりなんだ？」

どうやら、先に待ちきれなくなったのは彼のようだ。問いを投げかけることでフィオナを促してくる。

「公爵閣下。あなたは、子供をもうける必要があるが、愛情は求めていない……のですよね？」

最初に、それを確認しておかなければ。フレデリックは、フィオナの言葉にまたもや眉を上げた。

「なぜ、そう思った？」

「父の話からです。私に望まれているのは、『言われるままに嫁いで、公爵家の後継者を産むこと』と聞かされています。それに、閣下の花嫁探しが難航しているという噂話も聞きました」

「……君の考えは、間違ってはいない」

間違いなく、父を遠ざけたのは今の話を念押しするためだったのだろう。

「結婚生活に愛情は求めず、相手を妻として扱うつもりもないが、王族を増やすために結婚しなくてはならない――この認識で間違いはありませんね？」

フィオナが続けると、フレデリックはわずかに顎を引いた。

様々な事情により、今の王族は極端に数を減らしている。現時点で国王夫妻にも子はいないし、〝王族〟と言っても問題ないのは国王夫妻と、今目の前にいるフレデリックぐらいだ。

「王族を増やすためには、俺が結婚をする必要があるな」

と、彼がため息をついたのには、この国の法がある。この国では、庶子には相続権が認められていないのだ。

愛人を作る者も多数いるが、愛人との間に子供が生まれた場合は、親が生きている間にその子に最大限援助することで相続したのと同じくらいの恩恵を与えている。

さらに、商会を持たせたり、裕福な家へ嫁がせたりして、親としての責任を負うことで埋め合わせをするケースが多いようだ。

もっとも、親としての責任を果たさず、逃れる者も多いなんて噂も聞く。

ミリセントのように愛人の子であっても、両親が改めて結婚するケースもあるが、この場合は、面倒な法的手続きを取ることで相続権が認められるのだとか。

「だから、『愛は期待するな』ですか？」

「……ああ、最低だろう？　だが、そうでなくては、結婚はできない」

それを誠実と言っていいかどうかは疑問ではあるが、嘘《うそ》をついて結婚に持ち込まないところにはフィオナも共感した。

「――では、私も閣下と同じですね。私もあなたの愛は望みません」

フィオナの言葉に、フレデリックは目を瞬《しばた》かせた。彼を驚かせたらしいことに、少しだけ気分がよくなる。

「今のお話を前提として、閣下は、結婚相手に何をお望みですか？」

「子供——王族を増やすこと。基本的にそれ以外は必要ない」

「そう……ですか」

フィオナは顎に手をあて、思案の顔になる。

たしかに、「子供を産むだけ」という目的で結婚すると言われれば、女性としては二の足を踏む。政略結婚だったとしても、互いに最低限の尊敬の念ぐらいは持ちたいし、きちんと夫人としての扱いを受けたいだろう。

「お相手の女性ときちんと向き合うおつもりはない……ということでよろしいでしょうか？」

「実を言うと、ドラモント公爵家には余計な係累がいない方がいいと思っている」

ああ、と今度は言葉に出さずに心の中でうなずいた。

フィオナが生まれる前の話なので、あくまでも噂で聞いたに過ぎないのだが、先代のドラモント公爵——つまり、フレデリックの父——を担ぎ上げ、王座につけようとした一派がいたらしい。

だが、実行に移す前に先代国王によってその計画はつぶされた。

先代のドラモント公爵自身がどこまで関わっていたのか、それもまた噂話の範疇《はんちゅう》でしかないが、彼はただ奉《まつ》り上げられただけとも聞いている。

「たしかに、奥様のご家族が閣下を通じて国政に影響力を及ぼそうとすれば、国が乱れるもとになりかねませんね」

フレデリックが結婚を望まない裏には、そういった事情があることも理解した。

「そうならないように、父は、公爵家には金銭的援助以外求めないとお話をしたのでしょうか？」

「そうだ。だが、フィオナ嬢はなぜそれを知っている？」

フィオナは肩をすくめた。そんなの、帳簿を見ていればわかる。伯爵家の財政は右肩下がりに傾いている。

フィオナから、父に話をしなければならないと考えていたほどだ。

「異母妹の結婚も控えておりますので」

一部は嘘ではあるが――なにしろ、伯爵家の帳簿をフィオナがつけているなんて、大っぴらにするのはよろしくない。

「閣下と私が結婚したとして――私はどんな扱いでもかまいませんが、生まれた子供は、大切にしてくださいますか？」

ふいにそう口にしたのは、フィオナが生家で受けていた扱いが頭をよぎったからだ。

父の思うままに振り回され、フィオナの人生は幾度も大きく変化させられることになった。それも、フィオナの望まない形で。

「衣食住に不自由させないだけではなく、愛してくださいますか？　子供には、愛情が必要です」

父からの愛は与えられなかったけれど、フィオナには亡き母や、ランティス商会の商会長、下町で暮らしていた頃の近所の住民等、多くの人が愛情を教えてくれた。伯爵家に連れ戻されてからもなんとかやってこられたのは、愛された記憶があったからだ。

「……そうする、と言ったら？」

「私が閣下の子を産みます」

そう告げたら、フレデリックは腰を浮かせかけた。だが、すぐに落ち着きを取り戻し、再びソファに身を沈める。

「愛情は期待するなと言ったはずだが」

「承知しております」

「俺が欲しいのは子供だけだ。妻は必要ない。後継をもうけたら即離婚すると言ったら？　公爵夫人として社交の場に出るのは最小限だと言ったら？　社交界での影響力を君に持たせるわけにはいかないんだ」

「私がいなくなったあとも、子供は愛してくださるのでしたら――承知しました」

あまりな条件を突きつけられても、フィオナが引かないことにフレデリックは疑問を覚えたようだった。

ひとつ、深呼吸をしてから、彼から問いかけてくる。

「では、君は俺に何を望む？　そこまでの条件を受け入れるというのであれば、君にも何か事情があるのだろう」

「……あの家を出られれば、それで」

家族との――あの人達を家族と言っていいかどうかは別として――不仲であることを、フレデリックの前で隠す必要は感じられなかった。ここにフィオナを連れてきた段階で、推測しているだろうし。

「他には？　他にも何かあるだろう」

母の形見については、自分でなんとかするつもりだ。

だが、問いを重ねたフレデリックは、じっとフィオナの答えを待っている。真正面から見つめられ、フィオナは白旗を上げた。

「……母の形見を父が持っているのです。閣下とのお約束を果たしたら、返してくれると父は言っていました……けれど」

もごもごと口にする。ここまで、彼に語るつもりはなかったのに。

父が約束を守ってくれるかどうか、フィオナは大いに疑問に思っている。自力でどうにかするつもりでいたけれど、難しいのもわかっていた。

声音だけで、フレデリックはフィオナの置かれている困難な状況を悟ったようだった。

「わかった。君は俺の子を産む。産んでくれたら、俺は君の形見を取り戻す手伝いをする──約束だ。これで契約成立だな。よろしく頼む、フィオナ嬢」

本当に、これでいいのだろうか。

心の奥の方から、そう囁きかけてくる声も聞こえる。

けれど、フィオナはその声には耳を塞いだ。

愛はなくとも、子をもうけるために結婚するというのはよくある話。

フレデリックと対話してみてわかったけれど、彼とならばなんとかやっていけそうだ。

最初からフィオナの話に聞く耳を持たない家族とは違う。

「ええ、よろしくお願いいたします。公爵様」

意図して口角を上げ、フィオナは彼に返した。自分の道を、ある程度開けた気はする。

こうして、フィオナと公爵の間には密約が結ばれたのだった。

◇◇◇

ドラモント公爵であるフレデリックが、国王である従兄弟《いとこ》のオズワルド・シャーフィールドに呼び出されたのは、フィオナと契約を結んだ数か月前のことだった。

フレデリックは二十四歳の誕生日を迎えた直後、季節は秋から冬に移り変わろうとしていた。馬車を降りたフレデリックの頬を、冷たい風が吹き抜けていく。

いつもの通り、通されたのは、国王オズワルドの私室であった。

「やあ、元気だった？」

フレデリックより四歳年下のオズワルドは、フレデリックのことを兄のように慕ってくれている。フレデリックと話す時だけは、国王としての重圧を忘れられるらしい。

「元気だ。少なくとも、身体に異状はない」

真正面から返すと、オズワルドは小さく笑った。

「よし、結婚しようか」

「どうしてそうなるのか、まったく理解できないんだが」

眉間に皺《しわ》を寄せるものの、オズワルドにはまったく響いていないようだ。

オズワルドの言い分もわかっているのだ。わかってはいるが、そこから目をそむけ続けてきた。

互いにもう身内は残っていない。

フレデリックの家族はもういないから、広大な屋敷に暮らすのは彼一人。

オズワルドも二年前に結婚したが、まだ妃《きさき》との間に子供はいない。

「わかってるだろ？　今のままだと、王族が絶える」

オズワルドが危惧するのも当然だ。なにしろ、現在王族と呼べるのは国王であるオズワルドと公爵のフレデリックだけ。

王位を継承できるだけの血の濃さを持つ者が二人しかいない現在、王族を増やすのは急務であった。

それでも、フレデリックは結婚しないでここまで来た。父の代に、父を国王にしようと暗躍した者がいたのを覚えているから。

「厄介なことになると困る。オズワルドが先に後継をもうけるべきだ」

「それなら、問題ない。モニカは身ごもっている――春の終わり頃には生まれる予定だ」

「――は？」

妙な声が出てしまってもしかたないだろう。

このところ、王妃の体調が悪いという話は聞いていたが、まさか身ごもっているとは思ってもいなかったのだ。彼女はいつもと変わりないように見えていた。

――いや、ドレスが変わったか？

最後に顔を合わせた時に思ったのだ。ドレスの好みが変わった――と。

締め付けの少ない、ゆったりとしたドレス。その時も体調不良だと聞いていたから、身体のことを考えてのことだと思っていた。子ができたなんて、想像もしていなかったのだ。

「結婚してから身ごもるまで、二年以上かかっている。がっかりさせたくなくて、黙っていたんだ」

先の国王が早く亡くなったということもあり、オズワルドは成人前の十七歳で結婚した。

一つ年上の王妃が二年たっても身ごもらなかったことから、周囲がうるさいのはフレデリックも知っている。

「第二妃をもうけろという話も出たぐらいだしな」

「私もそれは考えたんだけどさ――モニカもそうするようにと言ってくれたし。モニカ以外嫌だけれど、義務は果たすべきだろう？」

それを言われてしまうと、耳が痛い。後継をもうけるという義務から逃げ回っている自覚はある。

しかし、政略結婚とはいえ、王妃モニカをこの上なく愛しているオズワルドが、第二妃をもうける気になったというのは驚きだ。

候補を上げるところまではフレデリックも聞いていたが、話が進んだとはまったく聞いていなかったから。

「嫌だったけど、モニカだと思えばいけるかなーって。いけるとは思ったんだよ！　でも相手の令嬢と顔合わせした瞬間、『モニカ』って呼んじゃってさ。あー、こりゃ無理だなって」

「——おい！」

思わず声が出た。

臣下としての分を越えた自覚もあるが、顔合わせの場で、相手の女性の名前を間違えるとは何事だ。

「そんな目で見るなって。でも、逆によかったかなって。同じことを初夜の床でしたら、もっと失礼じゃない？」

「……俺にどんな返事を期待しているんだ」

頭を抱えたくなった。新たな妃を娶《めと》ろうという話が進まなかったのも当然だ。

顔合わせの場での出来事は、かん口令が敷かれているのだろう。相手の令嬢にとっても、オズワルドの対応は屈辱的だ。

「モニカ妃殿下と思ってくださってかまいません——ってめちゃくちゃ悲愴《ひそう》な顔で言われてみろ。無理無理」

相手の女性にそこまで腹をくらせるというのもやはり違う。

ここは思いとどまってくれてよかったと思うべきか、フレデリックに義務が回ってきたのをどうするか迷うべきか。

「先代公爵のこともあって、フレデリックが乗り気じゃないのはわかってる。だけど、ここまで来れば王家の子供が先に生まれるんだ。結婚して、子供をもうけてくれないか」

「……しかし」

先代公爵であった父を祭り上げようとした人物がいたというだけではない。結婚に乗り気になれない理由は、他にもある。

フレデリックの両親は不仲であった。

後継者となるフレデリックをもうけたあとは、未来のことはフレデリックに丸投げと言わんばかりに、母は屋敷を出て愛人と暮らすようになった。

父は父で、屋敷の離れに愛人を囲い、フレデリックが成人したのちには、政務も丸投げして離れに引きこもるようになった。

王位簒奪《さんだつ》が、失敗するどころか計画の段階で止められたというのも父の心には重くのしかかっていたのだろう。

両親が不仲というだけであればともかく、父を祭り上げようとした者達の中には母方の祖父もいた。いや、祖父が先頭に立っていたという方が正解だ。

計画の段階で発覚したことから、爵位を返上するところまではいかなかったが、国王の祖父に対する冷遇ぶりは、フレデリックの耳にも届いているほどだ。

両親の不仲に、不仲でありながらも父を利用しようとした母方祖父の存在。国内に争いの種をまきたくなかったから、フレデリックは結婚に二の足を踏んでしまっている。

「後継者が生まれるのなら、それで十分だろう」

「それでも、だよ。今までだって、何度も話をしたじゃないか。我が家だけでは不安だ。君のところも、後継者をもうけてくれ、と」

それは否定しない。今までは、オズワルドよりも先に子供が生まれるのを避けたいという理由で断ってきた。

「……俺が結婚をすると、厄介な親戚が増えることになる」

「私ももう子供じゃない。そのぐらいどうにでもできる――悪いけど、そろそろ動いてもらうよ。王命だと思って」

王命だなんて大げさな、とは思うがフレデリックも腹をくくる時が来たのかもしれない。

——どうするべきか。

王命と言われてしまえば、フレデリックには逆らうことはできないが、結婚生活にはなんの希望も持つことはできない。

こちらの条件を正直に告げて、それでもいいと言う相手を探すしかないのだろう。

オズワルドの命令に従い、いくつかの家に縁談を持ちかけてみたが、まったく話は進まなかった。

「なかなかうまくはいかないな」

「それはそうでございましょう」

フレデリックが執務室で嘆息すると、父の代から仕えてくれている執事が苦笑いした。彼が表情を顔に出すのは珍しい。

相手の女性に出した条件は三つ。「フレデリックは結婚相手の親戚に便宜は図らないこと」と「フレデリックに愛情を求めないこと」と「公爵夫人としての立場を利用しないこと」だ。

愛情を期待して嫁いでこられても、同じだけの熱量を返すことはできない。社交の場で公爵家の権力を誇示するのもなしだ。

フレデリックとしては最初にそれを告げることで、せめて相手に誠意を見せたつもりであったのだが。

話を持ちかけた家の方はともかく、令嬢の方は見合いで顔を合わせたところで腰が引けてしまう者が大半だった。

中には、「私の愛で、公爵様の御心を溶かしてみせます」と宣言してくる強者《つわもの》もいないわけではなかったが、何度か顔を合わせるうちに宣言を撤回することになった。

正式に婚約を決める前に、何度か共に出かけて時間を過ごしたのだが、やはり不満を覚えたらしい。あの条件を本気にしていなかったわけだ。

——だからといって、嘘をつくわけにもいかない。

そのあたりが、フレデリックとの縁組をためらう理由になるというのはわかっている。家同士の繋がりとしての利益も与えられない。愛情も与えられない。フレデリックが望むのは、子供だけ。相手に対して失礼だ。

顔合わせをした令嬢を、妃の名で呼んでしまったオズワルドと大差ないのかもしれない。

さらにやっかいなのは、この国の法である。

結婚をした男女から生まれた子供でない限り、相続権は持てないのだ。

離婚したのち、愛人を妻として迎え入れた場合は、さかのぼって認められることもあるがたいそうな手間がかかるし、フレデリックがそれをやる意味はない。

冬の間に何度か見合いを繰り返し、結婚そのものを考え直した方がいいのではないかと思い始めたのは、春も間近になろうかという頃だった。

そんな中、フレデリックに面会を求めて訪れたのは、マーセル伯爵であった。

彼の家には、十七歳と十六歳の娘がいるという話は聞いていたが、あまりにも若いのではないかとこちらから打診はしないでいたが、まさか先方から来るとは。

「お目にかかれて光栄です、閣下」

丁寧に腰を折ってはいるが、彼の表情に不快なものを覚えた。

——こちらを値踏みしている……？

フレデリックの方でも観察していることを気づかれないように、そっと視線を外す。

顔を上げた時には、完全に表情を取り繕っていた。これでも、公爵家の当主だ。表情を取り繕う術《すべ》ぐらい心得ている。

「話があると聞いたのだが」

「閣下が、妻となる女性を探しているという話は聞いております。娘を娶ってはいただけないでしょうか」

やはり、その話だったか。当主が先走ってフレデリックに面会を求めるのは、この冬の間に何度も経験している。

「だが、伯爵家との繋がりを強化するつもりはないぞ？」

「承知しております――娘に支度金を頂戴できれば、それで結構でございます」

伯爵の申し出に、フレデリックは目を見開いた。

今まで、想像もしていなかった申し出だ。どうやら彼は、支度金の名目で伯爵家に援助をしてほしいらしい。

両家の繋がりを深めることはできなくとも、そういった形で伯爵家に利益をもたらすというわけか。

たしかに、フレデリックも相手の家に支度金を出すつもりはあった。無茶な条件をつきつけるのだ。そのぐらいはすべきだと思っていた。

――令嬢の気持ちを思うと、複雑ではあるが。

言葉は悪いが、伯爵の申し出は、身売りに限りなく近い。フレデリックが顔をしかめていると、伯爵はさらに言葉を重ねてきた。

「娘には、何も期待させません。かならず、閣下の言葉に従わせます」

「……そうか」

そこまで強い言葉を使う意味がわからない。だが、フレデリックとしても、興味をそそられる話ではあった。

フレデリックの出すとんでもない条件を受け入れるという令嬢が、何を考えているのか好奇心をそそられる。

しかし、フィオナと出会ったフレデリックは、思いもかけない話の展開に、逆に頭を抱えることになったのだった。

【第二章　新婚生活は、思っていたよりも順調で】

フィオナからすれば、家族よりもフレデリックの方がよほど親しみを覚えられる相手だった。

――とてもありがたい話よね。

両親の結婚生活を見ていれば、夢も希望もなくなりそうなものだけれど、下町で仲のいい夫婦もたくさん見てきた。

だが、それは自分には縁のないものだろうと思っていたし、それでいいとも思っていた。

それが、歪《いびつ》な形ではあるが結婚生活というものを体験でき、子供を持つことも許される。

子供を産んだらすぐに離婚することになる――と彼は言うけれど、屋敷で大切に育ててもらえる。これ以上、フィオナとしては何も期待しなくていい。

トランクに荷物をつめていたら、いつの間にかミリセントが側《そば》に立っていた。

「……愛されないのを承知で嫁ぐのでしょう？　お異母姉様も可哀《かわい》そうに」

愛らしい唇から、毒のある言葉が吐き出された。

ノックの音は聞こえなかったから、勝手に扉を開いて勝手に中に入ってきたようだ。フィオナ相手に、ノックをするというマナーを守る必要性は感じなかったのだろう。

「……ノックぐらいしてくれてもよかったでしょうに」

ミリセントにはちらりと目をやっただけで、フィオナの手は止まらない。

家を出るとはいえ、フィオナの持ち物はとても少ない。着替えに日記帳、針仕事の道具程度。あとはこまごまとした日用品ぐらい。

「ノックはしたわよ。お異母姉様が、返事をしてくれなかっただけでしょう？　それで、愛されないとわかっていて嫁ぐ気持ちを教えてくれない？」

驚いた。まさか、真正面から悪意をぶつけてくるとは。

一応姉妹ではあるが、フィオナとミリセントの間に姉妹らしい心の交流なんてなかった。ミリセントは意図的にフィオナを家族の輪からはじき出してきたし、フィオナもそれでよしとしてきた。

だが、真正面から悪意を向けられたのは初めてだ。

「……ミリセント。あなた、貴族としての心構えができていないの？」

ちょっと挑発的だったかもしれない。口に出してからそう思った。

フィオナも平民として下町で暮らしていた時期があったことを考えれば、言葉選びを誤ったかもしれない。

「なんでそんなことを……」

思ってもみなかったのだろう。フィオナの発言に、ミリセントはうろたえたような顔になる。

「だって、貴族なら、お父様がお決めになった相手に嫁ぐのは当然でしょう？」

なんて、心にも思っていないことを口にする。成人したら、逃げ出す気満々だったのに。

フレデリックとの結婚は、互いに利益があったから成立しただけ。

そこに愛情なんて関係ない。政略上の繋がりでさえない。

なにしろ、フレデリックが伯爵家にはかる便宜と言えば、破格の支度金だけ。

「……それは、そうだけれど」

真正面から正論を吐かれ、さすがのミリセントもフィオナに同意するしかないようだった。

「公爵閣下が、お見合いした女性に何を言ったのかは知っているわ。私も言われたし。閣下のお考えを承知でお父様は私を嫁がせるのだし、私はお父様の言葉に逆らうつもりもないの」

これもまた口からでまかせだ。

フレデリックが、どうしようもない人だったなら、逃げ出したかもしれない。

――けれど。

フレデリックが相手ならば、逃げる必要はないと思えた。

少なくとも、彼はフィオナに嘘をつこうとはしない。公爵家で生活している間は、それなりに尊重してもくれるだろう。それで充分だ。

「……そこ、どいてくれる？　そのドレスも入れてしまいたいから」

「お異母姉様は、それでいいの？」

どうやら、あてが外れたらしいとミリセントの声音で知る。

同情するふりをしながら、フィオナを嘲笑いたかっただけ。他の人の目にはつかないようにしながら、ミリセントは内心ではフィオナを笑いものにしてきた。

――この屋敷に、戻ってきた時からそうだったわ。

フィオナとて、最初から家族の輪に入るのを諦めていたわけではなかった。

この屋敷に戻された当初は、母を失った心細さもあったから、継母と異母妹と、〝家族〟になろうと努力した。

だが、同席していながらも、フィオナは空気のような扱い。

大人になったら出ていこうと決めるまで、さほど長い時間はかからなかった。

「……ええ、覚悟を決めたの」

ミリセントを喜ばせる必要もないし、そろそろ話を切り上げたい。

唇を引き結んでこれ以上は話をするつもりはないと意思表示すれば、ミリセントはそれでひとまず会話を終えることにした様子だった。

――お母様の形見さえ取り上げられなかったら、お父様の言いなりになる必要もなかったのに。

屋敷に戻ってきた時、母の持ち物はほぼすべて処分させられてしまった。

持って帰ることを許されたのは、母がフィオナのためにと残してくれた装身具のみ。

それも、夜会に使えそうなものはほとんど継母とミリセントに奪われてしまい、フィオナの手元に残されたのはあのロケット一つだけだった。

――修理に出す店を間違えたわね。

フィオナ自身で取りに行くまで、誰にも渡さないでほしいと念を押しておけばよかった。

後悔しても遅いけれど。

出立の時も、見送りに出てくれたのは使用人が数名だけ。母が生きていた頃からこの屋敷で働いていた者達だった。

「お嬢様、お幸せに」

「ありがとう」

料理人が目を潤ませる。幼い頃は、厨房に忍び込み、こっそり彼女からおやつをもらったこともあった。

「……また、お目にかかれますね？」

そう付け足したのは、メイドである。その隣にいる彼女の夫ともども屋敷に住み込みで働いている。

「……そうね、そのうち戻ってくることもあると思うわ」

里帰りなんてすることはないだろうけれどと心の中では思いながらも、そう口にする。

――変だわ。

胸が、ちくりとした。

この屋敷には、なんの未練も残していないつもりだったのに。

いや、屋敷に未練はなくとも、この屋敷で働いていた人達との縁が切れてしまうのは寂しい。

だが、この屋敷を出たらもう戻ってくることはない。

積極的に里帰りをしたいような家でもないし、フレデリックとの約束を果たしたら、平民となったフィオナは屋敷に出入りできる身分ではなくなるのだから。

「お嬢様、どうか、お身体には気を付けてください」

「……あなたもね」

この場にいる使用人達の中で一番年長の執事が、深々と頭を下げる。

――手紙を出して、下町の方に来てもらえば会えるわね、きっと。

すべてを終えて平民になったら、会う約束をしよう。

子供を産んだらロケットを返すという約束を父が果たしてくれると願いながら、馬車に乗り込む。

フィオナが乗り込んだのは、あの日同様、伯爵家の馬車だった。

――矛盾しているわ。

窓の外を流れる景色を見ながら、そう心の中でつぶやく。

フィオナを粗略に扱っていると思われたくなければ、父が公爵家まで見送るべきなのにたった一人で送り出した。

だが、それも今さらか。

どうせフレデリックには、伯爵家の内情は知られてしまっているのだし。

それよりも、前回公爵邸に向かった時とは、別の意味で緊張する。

今頃フレデリックは王宮に書類を届けているというから、今はもう書類上は夫婦となっているはずだ。

――本当に、大丈夫？　うまくやっていける？

心の中から、そう問いかける声が聞こえてくる。

フレデリックとは、心の繋がりなんてまったくない。引っ越しの日取りを決める時でさえも、手紙のやり取りをしただけ。

互いの事情について手紙では説明をしたが、彼との仲が深まったわけでもなかった。

――目を閉じて、相手に任せておけばいいとは聞いたけれど、今夜を乗り切ることはできるのかしら。

継母には教えてもらえなかったので、取引先の奥様達に聞いてみた。

初めての夜は、女性は余計なことはしない方がいいらしい。

フレデリックなら、きっとなんとかしてくれるだろう。

相手に完全に丸投げすると心に決めた頃、公爵家に到着する。

――とうとう来てしまったわ。

緊張を覚えながらも、ゆっくりと馬車から降りた。今日からここがフィオナの家だ。

「お待ちしておりました」

出迎えてくれたのは、フレデリックではなく執事だった。フィオナの荷物は、使用人達の手によって邸内に運び込まれていく。

「よろしくお願いしますね」

「はい、奥様」

そう呼ばれて、フィオナは目を瞬かせた。

奥様。奥様って誰のことだ。

頭の中でその言葉を三度繰り返してから理解する。奥様は、フィオナのことだった。

「ごめんなさい、慣れなくて」

「いいえ、奥様。お気になさらず」

にっこりと微笑《ほほえ》む執事は、フィオナの父よりさらに年上のように見えた。祖父ぐらいの年齢だろうか。

だが、足腰が弱っている様子はまったく見せず、フィオナを邸内へと案内してくれる。

フィオナの寝室は、二階の奥にあった。隣がフレデリックの寝室だそうだ。

――どうしよう。こんな立派な部屋だなんて……。

真っ先に案内された私室を見て、フィオナは心の声を押し殺した。

公爵夫人の暮らす場所というだけあり、部屋は贅《ぜい》を尽くした造りだった。

フレデリックの寝室と内扉で繋がっている寝室、衣裳部屋、それにフィオナ個人の居間。

伯爵家で暮らしていた時は、フィオナに与えられていたのは寝室だけ。家の仕事をしていない時は、寝室にいるか図書室にいるかだった。

ドレスの手直しも、寝室で行うとなると狭さを感じずにはいられなかったけれど、苦労しながら直したものだ。その部屋と比べたら、雲泥の差である。

「今夜は、旦那様は遅くなるそうです。先にお休みくださいませ」

「あ……はい、わかりました」

今日、フィオナが引っ越しをしてきたというのに、王宮に行ったフレデリックは帰りが遅いらしい。

まさか、今日顔を合わせる機会がないとは想像もしていなかった。愛情なんて期待しない関係そのものだ。

――今夜、なのかしら？

子供を作るというのであれば、早いうちからそういったことをするのであろう。だが、今夜遅くなるというのなら、明日以降になるのだろうか。

この場合、どうふるまうべきなのか――誰に聞けばいいのかもよくわからない。

なるようになると腹をくくるというか、諦めるしかなさそうだった。

夕食までの間、与えられた部屋を探検して回る。

居間は南向きの日当たりのいい場所だった。窓から見下ろせば、庭園はよく手入れされている。ポピー、キンセンカ、クロッカス等、春の早い時期に咲く花が、庭園に彩りを添えていた。向こう側には、大きな温室の屋根も見える。

室内に飾られている花は、ほとんどが庭園や敷地内にある温室から切ってきたものだそうだ。

先日通された応接間の家具も年代物だったけれど、フィオナに与えられた部屋に置かれている家具も長い間使われていたもののようだ。

定期的に磨かれ、大切にされてきたのが伝わってくる。艶々と輝いていて、手触りもいい。

「……すんなり動くわ」

デスクの引き出しを引いてみれば、音も立てずに開いた。

古い家具の引き出しは、ひっかかってしまって動かすのが大変なこともあるが、ここもきちんと手入れされている。公爵家の使用人達が、よく働くというのがこれだけでも伝わってくる。

寝室には二人並んで寝てもまだ余裕があるほどの大きなベッド。部屋の中央に置かれたそれは、どっしりとした天蓋を備えているということもあって存在感を放っている。絹の寝具は手触りがよかった。

衣裳部屋をのぞいてみれば、フィオナが持参したドレスの他、公爵家で用意してくれたと思われるドレスが何着か置かれていた。

引き出しの中には、寝間着や下着類も。いずれも上質なものだ。

——何も持ってこなくても大丈夫と手紙に書かれていた理由がわかったわね。

これだけ上質の品を用意しているのであれば、それも納得だ。公爵夫人として社交の場に出る必要はないなんて言っていたのに。

フィオナに気を配ってくれているのだろうと思えば、逆に申し訳ないような気もしてきた。

——私は、私の役を果たすだけよね。

ここに来るまでに、もう決意は固めた。

フレデリックとならば、互いの利益のために動くことができるだろう。

——大丈夫。私は、大丈夫だわ。

心の中で、しきりにそう繰り返す。自分がなぜ、その言葉を繰り返しているのかもわからないまま。

夕食は、フィオナ一人のために用意されたとは思えないほど品数が多かった。

何がフィオナの好みかわからないから、と料理人が張りきって腕をふるってくれたらしい。

どれも美味《おい》しかったけれど、これだけの量を毎日食べていたら、用意されていたドレスがすぐに入らなくなってしまいそうだ。

――明日からは、量を少なくしてもらうように言っておかないと。私一人に手間をかけることもないのだし。

料理人に美味しかったという感想と、朝食は軽くしてほしいと伝言を頼み、早めに部屋へと引き取った。

公爵家で雇ってくれた侍女の手を借りて入浴する。

――こういうのは、慣れていないから困るわ。

伯爵家では、湯の用意だけは使用人がしてくれたが、そこから先は自分一人だった。

人前で肌をさらすことに慣れていなくてもじもじしていたら、あっという間に身に着けていたものを脱がされ、浴槽へと追いやられる。

「気持ちいい……」

浴槽に身を沈めると、湯が柔らかく肌を撫《な》でていく。湯の温度もちょうどいい。

思わず声を漏らしたら、侍女達はほっとしたように顔を見合わせた。

「それはようございました。薔薇《ばら》の香りと菫《すみれ》の香り、どちらになさいます?」

侍女達の手にあるのは、肌や髪の手入れをするためのクリームや香油だ。石鹸《せっけん》も含め、同じ香りで統一されたものが用意されているらしい。

「……菫でお願いします」

薔薇は華やかすぎて、似合わないような気がした。顔に湯がかからないよう注意しながら髪を濡らし、洗っていく侍女の手つきに迷いはない。

「綺麗な御髪《おぐし》ですねぇ……」

「そうかしら……?」

「とても美しいですよ。量が多くて、艶もあって」

「ありがとう。そう言ってもらえて、嬉《うれ》しいわ」

なんて会話をしながら、全身磨かれ、髪を乾かされ、肌も手入れされて寝室へと戻された。

手入れされた髪も肌も艶々だ。自分でもきちんと手入れをしてきたつもりだったけれど、一人ではあちこち手が回っていなかったことを痛感させられる。

「お休みなさいませ」

「え、ええ……ありがとう」

そう返して、侍女達が出ていくのを見送る。だが、これから先、どうすべきなのかわからない。

先に休めと言われていたのだし、今夜はこのまま休んでしまおうか。

――でも、お帰りになる前に話はした方がいいかもしれないし。

枕元には、本を用意しておいた。枕を重ねて背もたれ代わりにすると、フィオナは本を引き寄せた。

◇　◇　◇

結婚が決まったので書類を提出するとオズワルドに報告すれば、すぐに王宮へと呼び出された。執務室ではなく私室に呼び出されたのは、親戚としての対応を彼が求めているからだ。

「あの条件、呑《の》んだ女性がいたわけ？　まさか、無理強いとか脅したとか」

「……お前に言われたくない」

半眼で従弟を睨みつけてやる。

そもそも、血を絶やしたくないのならば、真っ先に頑張るべきなのはフレデリックではなく目の前の男だ。

「……私がわがままだって言いたいんだね、従兄殿は」

と、いじけたふりをしてみせるのが多少うっとうしく思えてくる。

「さて、どうだろうな」

肩をすくめて流しておく。フレデリックも、オズワルドを責められない。

――それに、俺だって同罪だ。

人の心をまったく持ち合わせていないわけではないので、自分がフィオナに突きつけた条件がどれだけ非常識かというのは理解しているつもりだ。

「無理強いとか脅したとかではない。お互い、利があったから成立した話だ」

「……利？」

「俺も、彼女の力になるという話だ。それならば、珍しくもない政略結婚の範疇だろう」

「……ならいいけど」

それでもまだ疑念は捨てきれないという様子で、オズワルドは椅子の背もたれに背を預けた。こちらに疑わしそうな目を向けてくる。

フィオナに興味を引かれなかったと言えば、嘘になる。

自分の要求ばかり前面に押し出してきた今までの見合い相手とは違う。お互い、納得できる妥協点を見つけられるような話し合いができた。

『少し調べれば、私の生い立ちについては知られてしまうでしょうけれど』

手紙のやり取りの中、フィオナは自分の過去について教えてくれた。

下町で育った期間が長かったこと、母の死と同時に生家に連れ戻されたこと。

母が生きていた頃はフィオナなど見向きもしなかった父が、母の死後フィオナを連れ戻したのは、政略結婚の駒とするためであろうこと。実際、こうやってフレデリックに嫁ぐと決められたこと。

『母が生きていた頃とは違い、家は傾いているのですよね』

と、書かれた文面だけで、フィオナの苦笑いが見えるような気がした。

フィオナを公爵家に『売り渡した』対価で、異母妹に結婚相手を見つけるつもりなのだろう、と。

異母妹には「愛は期待するな」と宣言してくるような夫ではなく、大切にしてくれる相手を探すつもりなのだろう、とそれが当たり前のように書かれていた。

思わずそれでいいのかと問いただしそうになったが、フィオナがそれでよしとしているのだから、こちらからそれ以上言えるはずもなかった。

伯爵とフィオナの約束事は、公爵家に嫁ぎ、フレデリックの子を産んだなら、フィオナから取り上げた形見を返すことだそうだ。だが、あの男が、約束を守るだろうか。

——己の野心のためならば、たいていのことはやりそうな相手だったな。

自分のことは頭から追い払い、心の中でそうつぶやく。

フィオナはともかく、伯爵には好感を覚えなかった。こちらをちらちらとうかがう目つきに、信用できない雰囲気を感じて。

「君がそれでいいなら、私としては何も言えないのだけどね。そのうち、フィオナ嬢に会わせてもらえるかな?」

「フィオナ嬢に?」

フィオナの名を口にしたオズワルドに、少しばかり驚かされた。

彼の口から、フィオナに会いたいなんて言葉が出てくるとは想像もしていなかった。

「私と君の事情に巻き込むわけだからね。お互い合意の上とはいえ、巻き込んだ側としては、謝罪の機会を与えてほしいと思うのは間違いかな?」

こういうところだ、とフレデリックは思う。

自分の弱さを認めるだけではなくて、その弱さも武器にしてみせる。

国王たるもの、そのぐらいはしてほしいとも思うけれど、それが自分に向けられたらどうなるのだろうと思うと正直恐ろしくもなる。

「いずれ、結婚の挨拶には来ることになる」

「そういえば、結婚式はいつ？」

「予定はない。書類だけだ」

いずれ別れることになるのだから、大々的に結婚式をする必要もない。フィオナがそう望んだ。

フレデリックとの結婚式ともなれば、否応なしに人の目にさらされることになるから。

「……なるほど」

何を想像したのか、目の前の従弟がにんまりとする。なんだか、その顔を見ていたら無性にいらだってきた。

「――オズワルド」

あえて、日頃は控えている名前で彼のことを呼ぶ。

「頼みがある」

ゆっくりとそう続ければ、オズワルドは二つ返事で承知をしてくれた。

◇　◇　◇

フレデリックの部屋の側から扉がノックされる。フィオナは本を閉じた。慌ててガウンを羽織り、扉を開く。

「お帰りなさいませ、閣下」

「部屋から明かりが漏れていたから。待つ必要はないと伝えたつもりだったんだが」

「……聞いていています。眠れなかっただけで」

フレデリックが戻ってきたのには、扉をノックされるまでまったく気づいていなかった。

――起きているのなら、お出迎えをすべきだったかしら。

こういう場合、どうするのが正解だったのだろう。フレデリックの言葉通り先に寝ているべきだっただろうか。

だが、気が昂《たかぶ》っていて眠れそうになかったのも事実。本に没頭していたためか、まったく眠気は覚えていなかった。

それより、どこに目を向ければいいのかわからない。

フレデリックも帰宅して、寝る支度を終えたらしく、前回顔を合わせた時には無造作ながらもセットされていた髪が、今はぺたんとなっている。

たくましい長身を包んでいるのは白い寝間着とガウン。静かにこちらに歩み寄ってきた彼は、フィオナの側に腰を下ろした。

「フィオナ嬢」

と、呼びかけたフレデリックは顔をしかめる。

「いや、結婚したのだからフィオナ嬢はおかしいか」

それは、独り言のように彼の口から零《こぼ》れた言葉。

けれど、それがフィオナに結婚したのだと強く認識させることになった。

――書類の提出をすませただけだから……。

普通なら、婚儀の日を楽しみに嫁入り道具を揃《そろ》え、花嫁衣裳を仕立て、新居を調えてと準備を進めていく間に、少しずつ実感がわいてくるのだろう。

だが、フレデリックとフィオナの場合、今日までの間に顔を合わせたのは一度きり。あとは、手紙のやり取りだけだった。

――ここまで来ないと、実感がわかないというのもおかしな話ね。

自嘲の笑みが口元をかすめる。

今日が二人で過ごす初めての夜であるけれど、フレデリックはフィオナに今夜は待たなくていいと伝言を残していた。これでは、結婚の実感なんて持てるはずもない。

「閣下のお好きなように呼んでください」

「それもおかしくないか？」

「そう、ですね……では、公爵様？」

結婚したのに『閣下』と呼び続けるのもたしかに妙である。フィオナが首をかしげたら、フレデリックはまたもや顔をしかめた。

「それも違う――違うよな？」

「では、旦那様……？」

ベッドの上、二人顔を見合わせているこの状況が、なんだかとてもおかしい。『公爵様』なら『閣下』よりは親しみやすい気がしたのだけれど。

「それじゃ使用人みたいじゃないか」

「商家の奥様はそう呼ぶこともありますが……」

夫に向かって『旦那様』と呼びかけるのは商家の夫人に多い。貴族としてはたしかにふさわしくなかったかもしれない。

「こうしよう。名前で呼んでくれ。俺もフィオナと呼ぶから」

いいことを思いついたと言わんばかりに、ぽんと手を叩《たた》く。フィオナは目を丸くしてしまった。

「名前、ですか……？」

「何か不都合でも？」

問い返され、少し迷って首を横に振る。さすがにフィオナの方から呼び捨てにするのはためらわれたが、たしかにそれが一番いいかもしれない。

「では、フレデリック様……と、そうお呼びしますね」

言葉にしてみたら、案外すんなり口にできた。ベッドの端に腰を下ろしたフレデリックは、こちらに身を寄せてくる。

「約束通り、商会での仕事は続けてもらってかまわない」

「ありがとうございます」

ランティス商会での仕事は、結婚後も続けると事前に手紙をやり取りする中で決めた。顔合わせだったあの日は、そこまで話をしている余裕はなかったから。

「しかし、伯爵家の令嬢が商会の仕事を手伝っているとは思ってもいなかったな」

「いつかあの家を出ていくために準備は進めていたんです。思ってもいなかった形で出ることにはなりましたが」

十八歳になるまで逃げ出さなかったのは、逃げ出したあと、見つかった時のことを考えてのこと。無理矢理連れ戻されるに決まっている。

いくら下町とはいえ、父が手を回せばすぐにランティス商家にたどり着く。貴族の調査能力を侮ってはならない。

フィオナがランティス商会に出入りしているのを気づかれてなかったのは、あの家では誰もフィオナに興味がなかったからだ。

「そう、だな」

フィオナの言葉に、フレデリックは気まずそうに視線をそらす。

——私、何か変なことを言ったかしら？

心の中で問いかけてみるが、思い当たる点はなかった。

フレデリックとの契約を反故《ほご》にするつもりはないし、フィオナもできる限りの努力はするつもりである。

「それなら、今からいいだろうか」

散歩に誘われるぐらいの気安さでたずねられ、一瞬返事につまる。彼が何を求めているのかに気づいたら、瞬時に身体が固まった。

「……え、ええ。か、かまいません、が」

返事をする声が揺れている。それに気づいたフレデリックは、フィオナの方に手を伸ばしてきた。

肩に、彼の手が触れる。ひ、と息を呑んだら、もう片方の手が背中に回された。

――近いし、近いし……！

異性とこれほど身近に接したことはない。どうしようかと思っていたら、彼の手が優しく肩に触れた。

気が付いた時には、背中がシーツに触れていた。いつの間にかベッドに押し倒されている。

「あの……！」

「……嫌か？」

そう聞かれて、フィオナは首を横に振った。

嫌ではない。嫌ではないが、緊張する。心臓がどきどきして、顔も熱い。身体が強張って動かない。

そんなフィオナを見下ろしながら、フレデリックは少しだけ苦笑したようだった。

「すまないな、こういうことに慣れていないんだろう」

上から見下ろしてくるフレデリックの表情。

どう表現すればいいのか、フィオナにはわからなかった。

困ったような顔？　切ない顔？　欲望と呼ぶには、彼の表情は落ち着きすぎていた。

彼の顔が近づいてきて、肩に啄《ついば》むように口づけられる。とたん、身体に広がる甘やかな痺《しび》れ。

「あっ……」

自分の口から、こんな声が出るとは思ってもいなかった。恥ずかしくて、慌てて唇を結ぼうとする。

けれどすぐにまた同じことを繰り返された。今度は胸元。身に着けている寝間着と肌の境目だ。肌に触れる唇の感触がくすぐったい。

そのまま強く吸われて、思わず身を捩《よじ》ってしまう。わずかにベッドのきしむ音。

「んっ……」

フィオナは顔を横に向けて、なんとか呼吸を整えようとした。

胸元にある頭を押し返そうとしたら、逆に抱き寄せられてしまう。頬に当たる彼の髪がくすぐったい。

そして今度は耳のすぐ側へキスされて、吐息とともに囁《ささや》かれる。

「問題ないか?」

問われて、反射的にうなずいた。

怖くないと自分に言い聞かせる。

そう、怖くない。どう反応していいのかわからないだけ。

フレデリックは再び胸元に口づけてきた。何度も何度も繰り返され、身体の奥がとろりと熱を帯びる。

あっという間に呼吸を乱されて、身体の奥の方にじくじくとした疼《うず》きが漂い始めてきた。

このままではいけない気がする。身を捩って逃げようとすれば、肩を摑《つか》んで引き戻される。

「逃げるな」

低い声で命じられて、また背中がぞくりとした。

わかっている。これは、彼との契約。ただ、自分の身体がどう変わっていくのかわからなくて怖い。

大きく息をついて、彼に身をゆだねようと試みた。寝間着のボタンが外されて、中に大きな手が潜り込んでくる。

「あ、あんっ！」

直に乳房に触れられたかと思えば、胸の柔らかさを確認しているかのように、指が肌をなぞっていく。

触れられているというだけで恥ずかしいのに、彼の指の動きに合わせるように、背筋を上ってくるぞくぞくとした感覚。全身が痺れてしまったみたいで、どう対応するのが正解なのかわからない。

「……ん……ぅ」

思わず漏れた声のはしたなさに赤面し、手の甲で口を押さえて我慢しようとした。だが、それは無駄な努力。

「フィオナ……」

名前を呼ばれるだけで、身体の芯が震える。

力が抜けて動けない。声を出さないようにするので精一杯だ。なのに、フレデリックは容赦なく身体をまさぐってくる。

「んっ！」

再び胸元に口付けられたかと思うと強く吸われた。

その上舌で舐《な》められて、思わず声が出てしまう。

それに気をよくしたのか二度三度と同じことを繰り返されて、口を押さえていたはずの手はあっけなくシーツの上に落ちた。

「あっ、あ、あぁん！」

抑えられない声が響く。こんなみっともない声なんて出したくないのに。

恥ずかしくてしかたがないのに、身体がびくびくと震えるのを止められない。

すっかり息は上がってしまって、身体の奥が熱い。じくじくと疼くような感覚が強くなるにつれて、自分の意思で動かせない部分が増えてくる気がする。

こんな風に感じるなんて聞いていない。わからないことばかりで、ただ、彼に翻弄されるだけ。

自分の身体が彼の指の動きひとつひとつに反応し、身体の奥で何か熱いものが高まっていく感覚が恐ろしかった。

「ん、んんん……あ、あぁっ」

首を振りながらベッドの上の方にずり上がって逃げようとするけれど、腰に腕を回され引き戻された。

胸の谷間に口づけられ、またお腹《なか》の奥の方で得体の知れない感覚が渦を巻く。

気が付いた時には、寝間着は腰のあたりまで引き下ろされていて、素肌がフレデリックの前にさらされていた。

敏感になりすぎた胸の頂《いただき》に唇が落ち、反射的に腰を跳ね上げる。

そんなフィオナに何を思ったのか、フレデリックは身体をずらして足を割り開いた。

寝間着の裾を捲《まく》り上げられて、腿《もも》の内側に手を這《は》わされる。ゆっくりと肌の感触を確かめるように手を上下させせられて、切なげな吐息が漏れた。

「ふあっ、あ、ぅん」

腿の付け根に指をかすめられて、膝を擦り合わせようとするも無駄な努力だった。

そこに触れられると、もっと奥に触ってほしくなる。

自分でもよくわからない衝動がこみ上げてきて、早くどうにかしてほしいとさえ願ってしまう。

そんなフィオナを見ながらフレデリックは目を細めた。

その表情に胸がドキリとする。と、同時に身体の奥がひときわ強く疼くのを覚えた。

「フレデリック様……？」

名を呼ぶフィオナにはこたえず、フレデリックはフィオナの下着に指をかけた。

そのまま引き下ろされて、秘めておくべき場所が部屋の空気にさらされる。思わず足を閉じようとしても、間に彼の身体があって無理だった。

「駄目……見ないで」

そう口にしたとたん、身体の奥からどろりとしたものが滴り落ちるのを自覚する。

フレデリックは無言のまま身をかがめて、溢れ出たものを舌で舐め取った。

「んんん！」

濡れた花弁をかき回すように、舌がひらめく度に聞こえる湿った音。身体が疼いてしかたがない。もっと奥まで、もっと強く。そんな欲望に支配されそうになる。

そして、花弁の奥で存在を主張する小さな芽。ずきずきと疼いてしかたない。

「ん、あっ！」

突然、その場所に舌が触れた。

初めての感触に驚きすぎて身体が固まってしまう。

けれどフレデリックは、容赦なくそこを舌で舐め上げてくる。淫《みだ》らな芽を、下から上へと弾《はじ》かれ、たまらずに腰が揺れる。

ぴちゃぴちゃという卑猥《ひわい》な音に羞恥を煽《あお》られてどうしようもなくなる。右に左にと転がされれば、身体の芯を鋭い快感が走り抜ける。

「いやぁ！　もう……あ、待って……！」

悲痛なほどの声が上がる。だが、それにもかまわず、舌の動きは激しさを増す。

尖《とが》らせた舌で淫芽《いんめ》を弄《いじ》られ、ひくひくと蜜口《みつくち》が収斂《しゅうれん》を繰り返す。刺激を与えられる度に背筋がしなって、より強い悦楽を求めようとしていた。

「そのまま……快感を受け入れればいい」

「だって……あっ、んっ！」

心には未知の快感に対する怯《おび》えがあるのに、身体はフィオナの心とはまったく違っていた。腰がぐっと浮き上がり、つま先がびくびくと反り返る。

「駄目……も、やだぁっ！」

羞恥のあまり、涙がにじんだ。次々と生まれてくる快感の渦に翻弄されて、心と身体がバラバラになりそうだ。

自分が自分でなくなってしまうような錯覚に囚《とら》われる。意識を手放してしまいたいのにそれもできない。

「ひっ……ん、ぅ……あ、あ、あぁっ」

鮮烈な刺激が駆け抜け、びくん、と身体が跳ねる。全身の血流が一気に加速する。

自分の身体に何が起こっているのかわからない。わかるのは、身体の内側がどうしようもなく切なくなっていることだけ。

「駄目っ……も……やぁっ！　ああん！」

持ち上げられた腰の奥深くを強烈な熱が貫く。同時に下腹部の奥から熱いものが溢れ出す感触がして、喉をそらす。つま先までピンと伸ばし、法悦に浸った。

初めての絶頂はあまりにも甘くて強く、目尻から涙が零れ落ちる。

フィオナが息も絶え絶えにぐったりとシーツに身体を沈めていると、フレデリックは身を起こした。目を見張るフィオナの前で、彼は迷うことなく身に着けていたものを脱ぎ捨てていく。

彼の裸体は彫刻にもたとえられそうなほど均整がとれていた。

ただ、フィオナの視線は下腹に釘付《くぎづ》けになる。

天を突くようにそそり立った彼のものが目に入り、思わず息を呑む。あんなものが入るのだろうか。不安を覚えたフィオナの気持ちを察してか、フレデリックは苦い笑みを浮かべた。

「大丈夫だ」

そう言われても、はいそうですかと安心できるものではない。

男性の身体がフィオナのものと違うというのは認識していたけれど、それにしてもあまりにも凶悪なものだった。

あれを受け入れたらどうなってしまうのかと、不安と恐怖が押し寄せてくる。

「……無理……！」

反射的にフィオナはつぶやいた。あんな大きなものを受け入れられるはずがない。

乱れた寝間着を胸の前で合わせ、首を横に振る。と、フレデリックはわずかに首をかしげた。

「やめてもいい」

彼の気遣いはわかるけれど、こんな状況でそんなことを言われても困る。

そもそもやめるという選択肢はあるのだろうか。

フィオナが逡巡していると、彼はそっと顔を寄せてきた。間近に迫った端整な顔に鼓動が高まる。

「無理をしてもしかたない。何も今日しなければいけないというわけでもないんだ」

「……でも」

そっとフレデリックの手が頬に触れる。そっと拭《ぬぐ》われ、自分が泣いているのに初めて気づいた。快感を極めた涙とはまるで違う。次から次へと溢れて頬を濡らしていく。

「私……怖い……」

「……そうか」

そう言ってから彼は頬に当てていた手を滑らせた。指の長い大きな手に自分の頬をすっぽりと包み込まれるのが心地いい。その温かさにふっと肩の力が抜けていく気がする。

「一気に進めすぎたかもしれないな」

フレデリックはそう言うと、脱ぎ捨てたばかりの寝間着を身にまとう。かと思えば、乱れたフィオナの寝間着もきちんと着せてくれた。

「ご、ごめんなさい……」

彼と初めて顔を合わせた時、大丈夫だと思ったのに。どうして、こう思うようにならないのだろう。

そのまま彼の腕の中に閉じ込められて、どうしようもなく涙が零れた。

一晩たってみると、自分がどれだけみっともない真似《まね》をしたのかを改めて思い知らされた。

——覚悟してきたはずだったのに。

目のあたりが腫れぼったいのは、昨夜泣いたまま冷やさずに寝てしまったからだろうか。

相手に任せていれば終わると聞いていたのに、自分の身体がどんどん作り変えられていくみたいで怖かった。

その恐怖に耐えられると思っていた自分は、どうやら甘すぎたらしい。

おまけに、同じベッドで休んだはずのフレデリックはもういない。彼が起きたのにも気づかず、眠り続けていたなんて。

それに気が付いてしまえば、ますます頬が熱くなる。

——謝罪。とにかく謝罪よ！

もう結婚してしまったのだ。

まずは昨日のことを謝って、もう一度挑戦するしかない。

なんとなく何をするのかは理解したから、今度は大丈夫――大丈夫なはず、だ。

実家で着ていたワンピースを選んで、自分で支度を調える。一人で着られる服だから、侍女の手は借りなくてすむ。

フィオナが一階の食堂に入った時には、フレデリックはもうその席にはいなかった。すでに朝食も終えてしまったらしい。

「あの……フレデリック様は？」

「もうお仕事を始めておいでです」

「私……寝坊してしまって」

給仕をしてくれた執事の前でうなだれる。嫁いできた翌日早々に、寝坊してしまった。

「いえ、旦那様が奥様にはゆっくりお休みになっていただくように、と」

「……そう、だったの？」

道理で誰も起こしに来ないはずだ。

だが、それでは気恥ずかしいのを頑張ってここまで来た意味がなくなってしまう。

「フレデリック様とお話をしなければならないのだけれど、お時間をいただけますか？」

「確認してまいります」

フィオナの前にコーヒーのカップを置き、丁寧に一礼した執事は出ていった。

コーヒーと果物だけの朝食を終えようとする頃、戻ってきた執事はフィオナを執務室へと案内してくれた。

「午後、でもよかったのですが……問題ありませんか？」

「奥様のためでしたら、旦那様はいつでもお時間を作ってくださいますよ」

「でも、ご迷惑では」

なにしろ、昨日の今日だ。フィオナが声をかけるのさえ、フレデリックにとっては迷惑かもしれない。

「奥様、奥様は嫁いでいらしたのです。迷惑だなんて、そんなことあるはずありません」

「それならいいのですけれど……」

だが、どうしても自信を持てないのだ。この家に嫁いできた経緯を考えれば、なおさらだ。

「それよりも、です。私どもにそこまで丁寧な口調でお話をしていただかなくてよろしいのですよ。奥様は、奥様ですから」

そう言われても、いきなり変えるのは難しそうだ。困っているフィオナを見て、執事は微笑ましそうに口元を緩めた。

「奥様をお連れしました」

と、通された執務室は、伯爵家の執務室とはだいぶ趣《おもむき》が違っていた。重く暗い印象だった伯爵家の執務室とは違い、ここは明るい。

部屋の中央にはどっしりとしたデスクがあって、フレデリックはそこで仕事にいそしんでいる様子だった。

「フィオナか、どうした……ああ、そこに座るといい」

あまりにも彼が普通なので、フィオナは拍子抜けしてしまった。

――謝罪に来たはずだったのに。

昨夜の醜態などまったく気にしていない様子で、フレデリックはフィオナを部屋の隅に置かれていたソファへと促した。

顔を合わせたらまっさきに謝罪をしようと思っていたのに、その機会を失ってしまった。

「フレデリック様。昨夜のことなのですけれど……私、その……とても申し訳なく思っていて」

謝罪の言葉を口にしながら、自分の耳がどんどん赤くなってくるのがわかる。

耳が熱い。顔を合わせることができなくて、視線を落とした。

もじもじと膝の上で手を捏《こ》ねまわしていると、向こう側にフレデリックが座る気配がした。

「俺も、昨日のことは悪かったと思っている」

「悪かった……?」

ついうっかり顔を上げたら、彼も困っている様子だった。

「丁寧に進めたつもりだったんだが、どこかで間違えたらしい」

「いえ、違う――違うんです、フレデリック様」

フィオナに否定されて、彼の眉間に皺が寄る。

自分が、貴族令嬢としてはいかに常識はずれな発言をしようとしているのか、フィオナはきちんと理解していた。それでも、フレデリックに嘘はつきたくなかったから、なんとか言葉を絞り出す。

「わ、私……昨夜はとても緊張していて、ですね……」

異性と身近に接するのが初めてならば、当然、肌に触れられるのも初めてだった。触れられた身体が、あんな風に変化していくのも知らなかった。

――ミリセントのこと、笑えないわね。

口元を自嘲の笑みが横切った。

家を出る前、「政略結婚を受け入れるのは貴族の娘として当然のこと」なんて、偉そうにミリセントに語っていたのにこのざまだ。

「私の覚悟が……足りなかったんです、フレデリック様」

「覚悟って」

困ったように、フレデリックは首を横に振った。彼を困らせたかったわけではないから、申し訳なさが込み上げてくる。

「でも、今度はきっと上手にやります。やり遂げてみせます。ですから……」

そこで止まってしまった。今夜はやり遂げると決めた。だから……部屋に来るようにと言えばいいのだろうか。

「そうだな、フィオナならできると思う、が」

「ひゃいっ！」

ひょいと立ち上がったかと思ったら、フレデリックが横に移動してくる。思わず立ち上がりかけ、全力でそれを押さえつけた。

「……わぁっ、フレデリックさ、ま……ひ、ぅ」

上げかけた悲鳴を、懸命に呑み込む。自分の身体が、やっぱり思うようにはならなかった。

彼の手がフィオナの手に重ねられる。

「どうか、なさいましたか……?」

そう問いかける声がかすれていて、情けなくてしかたない。

「緊張だ。君は、緊張している」

「……それは」

緊張ぐらいするだろう。こんなにも異性が近くにいる状況はめったにない。

その異性というのは、昨日結婚したばかりの夫であるわけだが。

「そう緊張していては、うまくいくはずがない。まずは、俺に慣れてもらう必要がある」

「な、慣れ……ですか……」

心臓が、すでにけたたましいほどに暴れ始めている。返す声も上ずった。

そうか、今も緊張しているのか。フレデリックが側にいるだけで。

言葉にされて、初めて理解した。

「急ぐ必要はない」

「……ですが」

「もう少し、俺に慣れてもらってからの方がいいはずだ。女性の身体には負担がかかる行為だからな」

「それは、そうかもしれませんが」

昨日、自分の身体が引き裂かれるような気がした。たしかに慣れてからの方がスムーズに進むのかもしれないが、本当にいいのだろうか。

「フレデリック様は、それでよろしいのですか？」

小さな声でたずねれば、彼はもちろんとうなずいた。

「君の身体を気遣うのは、夫として当然のことだ」

夫、という言葉に、今までとは違う意味で胸が跳ねた気がした。けれど、フィオナはそれにはすぐに蓋をする。

フレデリックとの関係はかりそめのものであると、きちんと理解している。これ以上、余計な感情は動かさない方がいい。

【第三章　意識してしまえば、揺れる恋心】

結婚してからも、同じような日が続くのだと思っていた。

実家にいた頃は、一つ屋根の下で暮らしながらも、家族の輪からはじき出され、ただ、その場に居合わせているだけの存在だった。

フレデリックとの関係は愛情なんて約束しないものだったし、フィオナもそれに同意した。だから、彼と会話すらなくて当然だろうと予想していた。

なのに、事態はフィオナの想定とはまったく違う方向に流れていく。

屋敷に来た当初、フィオナは公爵夫人用の私室で過ごしていた。あまり外に出ない方がいいのではないかと思っていたから。

だが、フレデリックからは、屋敷の中はどこでも好きなように使っていいと言われ、二週間もたつ頃には、フィオナの過ごす場所は、一階にあるサンルームや図書室に変化していた。

「……フィオナは、そういった本を好むのか」

「ええ……」

日当たりのいいサンルームに、ランティス商会に行った時に図書館で借りてきてもらった本を持ち込んで静かに過ごしていたら、フレデリックがやってきた。

――今日のお仕事は、終わったのかしら。

彼は王宮で仕事をする日もあれば、屋敷で過ごす日もある。

国王の従兄であり、側近でもあることから、王宮では国王のすぐ側で仕えているようだ。今日は朝食を終えたら執務室にこもっていたから、家でやるべき仕事がたまっていたのだろう。

フィオナの手にあるのは、恋愛小説である。

――こんな本を好むだなんてと言われてしまうかしら。

見目麗しい主人公達のロマンティックな恋愛模様は、自分とはまったく縁のないものだから、何も考えずに楽しめた。

恋愛小説に怪奇小説に探偵小説。

王宮に仕える騎士の冒険譚《ぼうけんたん》もいいし、妖精や精霊を扱った幻想的な物語も面白い。

近頃、新たな小説のジャンルがどんどん開拓されている。生家で暮らしていた頃のように時間に追われているわけではないが、あまりにも様々な種類の本が刊行されるものだから、読む方も追いつかない。

だが、歴史的な事実を書いたものではなく、想像によって描かれた小説は軽薄だと馬鹿にする者も多い。

――フレデリック様も、もしかしたら小説はお好みではないかも。

この屋敷の図書室には、歴史や他国の動植物に関するもの、辞典など実用的なものが多かった。いずれも代々の当主の好みによって集められてきたものだろう。

軽薄だと言われるのを恐れて、フィオナは閉じた小説を脇にのけようとした。

「この作家の新作もあるが、もう読んだか？」

「……え？」

テーブルの上に置いていた別の本を取り上げたフレデリックが、不意にそんなことを口にする。近頃人気が出てきた作家による探偵小説だ。

探偵役は大学教授。甥《おい》である新聞記者が、彼のところに様々な事件についての話を持ち込んでくると、大学教授は甥の依頼で真実を明らかにするべく動き始めるという流れが多い。

この主人公、大学教授という知的な仕事についているわりに、かなりの肉体派でもあり、悪党と乱闘になるシーンも作中に多く書かれている。

甥の新聞記者も、普段は頼りないながらもここぞという時にはたまに格好いいところも見せることもある。そこが素敵だと若い女性のファンが増えていると、商会の従業員から聞いたことがあった。

「いいえ、まだ読んでいません……」

図書館では、最新のものはなかなか順番が回ってこない。新作を毎回買うには費用が足らず、図書館を利用していたのはアリバイ作りのためだけではなかった。

どうしても新作を読みたければ、貸本屋を利用することもあった。

けれど、前回ランティス商会に行った時に借りてもらった本をまだ読めていないので、今回は貸本屋には回らず戻ってきた。

――次は貸本屋に寄ってから帰るのも悪くないかもしれないわね。

アリバイ作りをする必要はもうないけれど、小説を読むのは好きだ。今後も利用するだろうと思っていたら、フレデリックから思いがけない提案をされた。

「新作は買ってあるから、読みたいなら……ああ、図書室には置いてなかったな」

「……そう、なのですか？」

「図書室に置いてある本は、父や祖父の好みを引き継いだものが多い。俺が好んで読むのはもう少し軽いものだ」

この屋敷は広大なため、フィオナもまだ、屋敷のどこに何があるのかをすべて把握できていない。

執事が案内してくれた場所以外は、足を踏み入れないようにしているのも、屋敷の全容を把握していない一因だ。

「俺のコレクションを見てみるか？」

「いいのですか？」

うなずいたフレデリックは、フィオナに手を差し出した。

——こういう時、当たり前に手を差し出してくださるのよね。

身近に他の異性がいたことはなかったから、これが普通なのかどうかはよくわからない。

ただ、彼はフィオナを大切に扱ってくれて、常にこうしてエスコートしてくれる。

彼に導かれて二階に上がり、フレデリックの私室の方へと廊下を進む。

夜はフレデリックがフィオナの寝室にやってくるから、彼の私室にフィオナが行ったことはなかった。

——いいのかしら。問題には、ならないかしら。

彼とこうして距離を近づけてしまって問題ないのだろうか。契約のことを思えば、必要以上の接触はいらない気もするけれど。

フレデリックの手の中に、自分の手がすっぽりと収まってしまっている。

フィオナが「慣れ」るまで待ってくれている彼がフィオナに触れる時はあくまでもそっとだ。

だが、彼の手がどこにどんな風に触れてきたのかを思い出すと、胸がドキドキするのを抑えられなくなる。

――私、何を考えているのかしら。

こんな風にドキドキしたってしかたないのに。

フレデリックの私室に続く扉の前を通り過ぎる。

「ここだ」

フレデリックが重厚な扉を開くと、そこは図書室に負けないくらいずらりと本が並んだ部屋だった。

壁面には、すべて本棚が作りつけられている。その本棚のうち、半数はぎっしりと埋められていた。

本来ここは当主個人の居間のはずなのだが、第二図書室とでも呼びたくなるほどだ。

「……すごい」

思わず口からこぼれ出る。私室にこれだけの本を集めている人を初めて見た。

「最新作は、だいたいこのあたりに入っている。好きに読んでいい」

「ありがとうございます」

「月に一度、我が家に出入りする書店が新刊を持ってきてくれる。今は俺の好みに偏っているが、次回は女性の好みそうなものも持ってこさせよう。好きなものを選べばいい」

「……よろしいのですか?」

そうたずねる声が、自信なさそうに揺れている。フレデリックは、フィオナの声音に気づいただろうか。

「かまわない。フィオナは、俺の……」

と、そこまで口にして、フレデリックは止まってしまった。フィオナはそっと息を吐き出す。

――そうよね。

二人の関係に、どんな名前をつければいいのか、フィオナもよくわからない。

この二週間、最初に顔を合わせた時よりも二人の距離は確実に近くなっている。

毎晩彼はフィオナのいる寝室にやってくる。寄り添って眠るだけの日もあれば、最初の夜のように触れてくることもある。

身体の距離も、心の距離もたしかに近づいているけれど、互いに抱く感情は、名前をつけられるものなのかどうか。

「フィオナは、俺の屋敷で暮らしているんだからな。できるだけ居心地よく過ごしてもらいたいんだ」

「……ありがとうございます」

フィオナの気持ちは揺れるけれど、フレデリックからしたら、たいした意味のある発言ではないのだろう。

二人の間には確実に温度差がある。それからは目をそむけて、フィオナは微笑んだ。

それから一週間もたたないうちに、第二図書室とフィオナが心の中で呼んでいるフレデリックの居間に、新たな家具が持ち込まれた。

居心地のいいソファは一人掛けのものと二人掛けのもの。

優美なティーテーブルに、フィオナが書棚の上にある本に手が届くようにと踏み台まで。

フィオナの好む本を用意させようという約束をフレデリックは守ってくれて、出入りの商人から買いとった新刊が三冊、書棚に追加された。

「距離が、近い、です……！」

「もう少し、俺に慣れてくれてもいいと思うんだが」

そんなことを言われても。心の中で悲鳴を上げる。

第二図書室で過ごす時間が増えたかと思ったら、そこにフレデリックが加わるようになった。もちろん、フィオナが彼に慣れるのが先決問題なのだが。

——慣れそうにないから、困るのよ……！

結婚当日まで顔を合わせたことがない夫婦も多いと聞くが、そういった人達は初めての夜をどう乗りきっているのだろう。

今だって、彼が隣にいるだけでこんなにも心臓が暴走し始めているというのに。

ソファに並んで座って読書をしていたはずが、いつの間にか肩に彼の手が回されている。

読書にまったく集中できない。

「こ、この状況で、フレデリック様は集中できるんですか……？」

「もちろん。そちらの新作も読みたいので、早く読み終えてもらえるとありがたい」

「……努力はします」

フレデリックは片腕をフィオナの身体に回したまま、もう片方の手で軽々と本を持って、読書を楽しんでいる。

——どうして、こんなことになったのかしら。

わざわざ並んで座らなくてもと思うのは、間違っているだろうか。

フィオナは、膝に置いた本に目を落とした。

ドキドキしてしまって、まったく集中できていないのはフィオナだけらしい。

先日書店員が持ってきてくれた中に、二人とも読みたい本が二冊あった。

どちらを先に読むかくじ引きで決めて、読み終えたら交換するという話だったのに、まったく集中できないから、ページをめくる手も止まってしまっている。

こういう時、自分と彼の重ねてきた経験の差というものを痛感させられる。フレデリックの体温を感じるだけで、そわそわとしてしまうのだ。

――私の世界って、とても狭かったんだわ。

下町での暮らしと貴族としての生活。

両方知っているフィオナは、普通の貴族令嬢にしては様々な経験をしている方だろう。それなりに経験は積んできたと思っていたのに、フィオナの世界は狭かったらしいとここに来て痛感させられている。

特に、男女の関係についてはまったく未知数。

恋愛小説を読んでみても、主人公達を温かく見守る目線で読んでいたからか、わが身に置き換えることはしていない。

──こんなにも、心臓ってドキドキするものだった……？

ただ、身体に腕が回されているだけなのに、痛いほどにフレデリックの存在を意識してしまう。

肩に回された腕の重み、直に感じる体温。服越しに伝わってくるゆっくりとした彼の鼓動まで。

「駄目です。今は、集中できそうにありません。先にフレデリック様が読んでください」

諦めて閉じた本をフレデリックに差し出した。彼の腕をすり抜けて立ち上がり、書棚から別の本を引っ張り出す。

今は集中できそうにない。もしかしたら、恋愛小説だったら集中できるかもしれない。

本を手に振り返ってびっくりした。

「……わあっ」

思ってもみなかったほど近いところにフレデリックが立っている。

というか、いつの間に立ち上がってここまで来たのだろう。まったく気が付いていなかった。

「読みかけの本を取り上げるつもりはなかったんだ」

「いえ……、今日は、探偵小説は気分ではなかったの、かも……？」

どうして、こんなに近いところにいるのだろう。書棚に両手を置いたフレデリックの腕の中に囲まれてしまっている。

顔が近い。こんなにも間近で見つめ合うことはそうそうなくて、静かになったばかりの心臓がまた暴れ始める。

「……フィオナ」

「ひゃいっ！」

耳元で名を呼ばれて、返す声が上ずっただけではなく噛んだ。真っ赤になっているフィオナの耳朶《じだ》を軽く食《は》まれて、背筋に甘い痺れが走る。

「早く、もう少し俺に慣れてくれ——譲ってもらった本は、ありがたく先に読ませてもらうから」

返事もできず、ただ、こくこくと首を何度も縦に動かすだけ。

それを見て笑ったフレデリックは先にソファに戻って自分の隣をとんとんと叩く。

先ほどまでと同じように、彼の腕の中に抱え込まれたけれど——本を変えてみても、やっぱり集中できなかった。

王宮に行くことになったと告げられたのは、結婚してひと月がたとうかという頃だった。

「もう少しフィオナが俺に慣れてからと思っていたんだが」

と、フレデリックは少し困った顔になる。

王宮で開かれる舞踏会に、フィオナも連れて参加するようにと国王からの命令があったらしい。

「私でしたら、かまいません。ひと月も待っていただくのも珍しいのでしょう？」

公爵家の当主であり、国王の親戚でもあるフレデリック。

彼の婚姻ならば、もっと早くに国王に挨拶に行くのが通例だ。いや、本来ならば結婚の前に顔を合わせる機会を作る方が正解だ。

フレデリックとフィオナの場合、何もかもが常識はずれなのだからしかたないが、挨拶だけはもっと早めに行っておくべきだった。

「嫌なら、今からでも断るが。そもそも、社交は求めないという話だったたし」

社交の場から離れておくにしても、国王に結婚の挨拶をしないわけにはいかない。

「いえ、参加させていただきます。まだ、お約束を果たせていないのに申し訳ない気もするのですが」

「それは、フィオナ一人の問題じゃない」

フレデリックに触れられることには少しだけ慣れたが、まだ本来の意味で肌を重ねるところまでは到達していない。

以前よりは、快感を拾うのが上手になった。このところ、触れられる度に身体の奥が何か訴えかけてくるような気もしている。

けれど、その先に進むのが怖い。自分が自分ではなくなってしまうような気がして。

「すまないな。陛下を抑えられず」

「……いえ。ですが、マナーの勉強はした方がいいと思います。先生を探してくださいますか？」

「それは任せろ」

舞踏会までの期間にフレデリックが教師を探してくれて、すっかり錆《さ》びついてしまった貴族令嬢としてのマナーを学び直す。

それと並行して、王宮に行くのにふさわしいドレスや宝飾品を用意する。公爵家の侍女達は優秀な者が多く、フィオナは彼女達にずいぶん助けてもらった。

もちろん、王宮に赴くまでの間に、フィオナ本人の手入れもいつも以上に熱心に行われた。

こうして準備をすること二週間。

王宮で開かれる舞踏会にフィオナが足を踏み入れるのは二度目だった。社交界にデビューしたその日以来のこと。

多数の人が集まっている広間に足を踏み入れるなり、フィオナは感嘆のため息をついた。

「……すごいですね」

多くの人が集まっているだけではない。

高い天井には、精緻な天使や花の絵が描かれている。床はピカピカに磨き上げられ、壁につけられた大きな鏡がシャンデリアの光を反射して、キラキラと輝いていた。

鏡が多いからか、広大な広間はより広くフィオナの目に映って、その華やかさに圧倒されそうになる。

「そう言えば、王宮でフィオナを見たことはなかったな」

「王宮に来たのは、デビュタントの時が最初で最後でしたから……」

デビュタントを終えれば、適齢期というのがこの国の習いだ。

女性の場合、十六か十七でデビューし、十八の成人までの間に結婚する。デビュタントの前に結婚相手が決まっていることも多い。

成人しても婚約すら決まっていないのは行き遅れ扱いだ。

実際のところ、フィオナの結婚が成人間近まで決まらなかったのは、父がフィオナをできるだけ高く売りつける相手を探していたからだろう。

「これからはしばしば来ることになるかもしれないぞ」

「それはどうでしょう……？　慣れるように努力はしますが」

フレデリックと結婚している以上、どうしても避けられない社交上の付き合いというのは出てくるだろう。たとえば、今夜のような。

——見られているわね。

集まっている人達の視線が、フィオナに集中している。それは、必ずしも好意的なものばかりではなかった。

フレデリックの縁談がなかなか決まらなかったのは、彼が愛のない結婚を公言していたから。

その条件を呑んで彼の妻になったフィオナがどんな人間なのか好奇のまなざしだったらましな方。どちらかと言えば、フィオナを蔑む目の方が多いように感じられた。

マーセル伯爵家の長女ではあるが、社交の場にほとんど出ることのなかったフィオナとフレデリックとの結婚である。訳あり夫婦がどんな行動をするのか、観察している者もきっといるだろう。

——フレデリック様は、この国では国王陛下に継ぐ身分ですものね。

フレデリックの隣にいるのが、地味なフィオナであることに驚いている人もいるだろう。

今夜、フィオナが身に着けているのは、フレデリックが見立てたドレスだった。

フィオナの身体にぴたりと合うように仕立てられていて、身体の線を最高に美しく見せてくれる。

初夏の時期にふさわしい新緑を連想させる明るい色のドレスには、ランティス商会を通じて入手した最高品質のレースがたっぷりとあしらわれている。

ビーズ刺繍に使われているのは、本物の水晶で作られたビーズ。フィオナが身体を動かす度に、水晶がキラキラと煌めいてフィオナの存在を輝かせてくれる。

恐ろしくなったので正確な金額は聞いていないが、間違いなくこのドレスの代金だけで小国の国家予算に匹敵する額になるだろう。

国王が入場するなり、二人はすぐに国王のもとに呼ばれることとなった。

「……君が、フレデリックの奥方か。今夜はよく来てくれたね！」

今まで、国王であるオズワルドと間近で対面したことはなかった。

公式行事の折りに遠くから見かけた時には、威厳のある人物に見えていたのだが、間近で対面してみると思っていたより気さくな雰囲気だ。

フレデリックとフィオナを側に呼び寄せて話しかけてきた彼は、人好きのする笑みを浮かべていた。こうして見ると、年齢より若く見える。

「お目にかかることができて光栄です、陛下」

「妃も君に会いたがっていたんだけど、今日は体調がよくなくてね。無理はしてほしくないんだ」

嫁いでから二年以上、子ができないことで周囲からあれこれ言われていた王妃だが、つい先日懐妊が公開された。

しかももうすぐ出産だ。フレデリックにも後継ぎをもうけるよう要求しなければならないほど王族の数が少ないのは切実な問題である。妊娠中の王妃の体調が第一になるのは当然だ。

「しかし……綺麗な奥方を娶ったものだね」

綺麗？　誰のことだろうか。

思わず視線をきょろきょろさせると、オズワルドはぷっと吹き出した。国王の権威も何もあったものではないのだが、問題ないのだろうか。

「公爵夫人、今、この場の会話に加わっている女性は君だけだよ。私は、君のことを誉めたつもりなんだが」

「し、失礼いたしました……！」

容姿を誉められた経験などほとんどない。

下町の大人達は、フィオナのことを「可愛い」「可愛い」と誉めてはくれたが、あれは子供は皆可愛いというのを言葉にしただけのこと。

フィオナ個人に向けられての言葉とは思ってもいなかったので、ついきょろきょろしてしまった。国王の前でとんだ失態だと耳が熱くなる。

この失態をどう取り繕ったものかとうろたえていたら、ぐっと肩を引き寄せられた。

「……そこまでにしていただけますか？」

言葉は丁寧なのだが、なんとも言えない威圧感がある。

思わず肩を跳ね上げたら、フレデリックの手がなだめるようにそこを撫でる。

――今のは、私が悪かったのよね。

誉められるのに慣れていなかったから、なんでもない世辞に必要以上に反応してしまった。だが、フレデリックが撫でてくれたことで落ち着きを取り戻した気がする。

「陛下、では、我々はこれで――」

「あ、ちょっと待って。公爵夫人、フレデリックをよろしく頼むよ」

フレデリックをよろしく頼むとは、どういう意味だろうか。とまどっていたら、オズワルドは優しい笑みを浮かべた。

「かしこまりました、陛下」

二人が国王への挨拶をすませると、あとは次々に呼ばれた者が国王の元へと招かれていく。

笑みを浮かべたまま彼らに対応しているオズワルドを遠目に見ていると、フレデリックに対するものとは少し対応が違う気がする。

――やっぱり従兄弟だから、なのかしら。

残された王族は二人だけ。それからここまで助け合って生きてきたということを思えば、二人の仲がたんなる国王と家臣の仲で終わらなくても当然なのかもしれない。

――私は、支えになれるのかしら？

最初は、ただの契約だった。

フィオナは自分が引き受けた役目を果たしてそれで終わりだと思っていたのに、どうしても気持ちが揺らいでしまう。

――望んでは、いけないのに。

フレデリックが、フィオナを大切にしてくれればしてくれただけ、フィオナの中で育ててはいけない感情が大きくなっていく。

蓋をしようとしているのに、一度目覚めてしまった感情を完全に押し殺すのは難しかった。

「公爵閣下、今、よろしいでしょうか？」

国王と対面した緊張から解放されて安堵したのも束《つか》の間、フレデリックに声をかけてきたのは、王宮で働く使用人の制服を身に着けた男性だった。

「どうぞ、行ってらしてください。私は、そこにいますので」

フィオナが目線で示したのは、休憩用に用意されている椅子だった。大きな花瓶に飾られた花の後ろにあり、そこに座っていても目立たない。

「妻を一人にしたくない。誰かつけてくれ」

「かしこまりました。すぐに呼んでまいります」

フレデリックが侍女を呼ぶよう頼んだのは、フィオナをこの会場で一人にしないための配慮だ。

普通はそこまでしないから、フレデリックがよほど気を使ってくれているというのがわかる。

「すまない。すぐに戻る」

そう言い残したフレデリックは、使用人について出ていった。

隣国からの客人が、なにやら問題を起こしたらしい。

招待客としてこの場にいるフレデリックが呼び出されるほどだから、かなりの大問題が発生したのだろう。

——それにしても、緊張したわ。

フィオナは、ソファに背中を預けた。国王に会ったのもそうだけれど、多数の人の視線を浴びるのには慣れていない。

——愛情なんて、必要ないと思っていたのに。

フレデリックのとんでもない条件をフィオナが呑めたのは、愛なんて必要ないとフィオナも思っていたから。

けれど、このところフレデリックの側にいると鼓動がせわしなくなるのを感じずにはいられない。

いくらフィオナの世界が狭いとはいえ、それが何を意味しているのか気づかないふりをするのはもう無理だった。

気づいた瞬間、失恋確定だ。

もし、違う出会いのしかたをしていたらというのも、考えるだけ無駄。

フィオナが彼の隣にいることを許されるのは、王族の血を絶やさないためというだけのこと。

——駄目ね、こんなことでは。

甘えたことは言っていられない。

冷たい飲み物でももらって、気分を変えよう。

「公爵夫人、どちらへ？」

フィオナが腰を上げたら、付き添っていた侍女が声をかけてくる。

「飲み物を」

「すぐにお持ちします」

身振りでそっと制されて、再び腰を下ろした。

――そうね、私が動くのは間違いだわ。

うっかり今までと同じように行動しようとしてしまった。もう、身軽に動いていい身分ではない。

――自分の行動をもう少し考えた方がいいわね。

今のフィオナが下手な行動をすれば、フレデリックの名に傷をつけることになりかねない。

酒精の入っていないものをと頼んでソファに身を預け、そっと目を閉じる。今日は国王の前にも出たし、たくさんの人にも会ったので疲労を覚えていた。

フレデリックが戻ってくるまで、あとどのぐらいだろう。

「お異母姉様、こんなところにいたのね」

「……ミリセント」

不意に声をかけられて目を開く。

そこに立っていたのは、異母妹のミリセントだった。フィオナは不参加だったが、先日、デビュタントはすませたはず。

「……久しぶりね」

なんと声をかけたらいいのかわからなくて、とりあえずそう言ってみた。

ちらりとミリセントの服装を確認してみる。ドレスに使われている布は、ランティス商会の品ではなさそうだが最高品質のもの。

何種類かのピンク色が混ざった複雑な色合いの布は、シャンデリアの光を受けて複雑な陰影を描き出していた。

胸元や袖口、スカートのフリルにあしらわれているレースも高品質のものだ。たぶん、こちらはランティス商会で取り扱っているものだ。袖口のレース一枚で、庶民なら一年は生活できるレベルの金額だろう。

胸元を飾るサファイアは、ミリセントの目の色に合わせて選ばれたもの。相変わらずの美貌だ。

「ふーん、公爵様はきちんとしてくださったのね」

ミリセントの目は、フィオナの身に着けているものを上から下まで値踏みした。

ミリセントが身に着けているのも高級品だが、フレデリックが用意してくれたものとは比べ物にならない。

「ええ、おかげさまで。よくしていただいているわ——こんなにも幸福でいいのかと考えてしまうほどに」

それは虚勢ではなく、真実。

フィオナの表情から、ミリセントにもそれは伝わっているだろう。落ち着き払ったフィオナの対応に、ミリセントは美貌を歪ませた。

「——フィオナ。付き添いを頼んだはずだがどうした？」

どうやら話が終わったらしく、フレデリックが戻ってきた。フィオナの側に付き添いを頼んだ使用人ではなく、ミリセントがいることに彼の眉間にわずかな皺が寄る。

「今、飲み物を取りに行ってもらっています」

「そうか。それならいいんだが」

フィオナの答えで納得したらしいフレデリックは、今度はミリセントの方に向き直った。

「伯爵令嬢、妻に何か用か？」

「……公爵様。私は、異母姉《あね》が公爵家できちんとやっていられるかどうか心配しているだけですわ。だって、この人――下町育ちでろくな教育も受けていないんですもの」

ミリセントは、不意にフレデリックの前でフィオナを貶《おとし》め始めた。

――この子、自分が何をやっているのか、わかっているのかしら。

家同士で決まった婚姻に、ミリセントが口を挟むなんて。

「そんなこと、心配されるまでもない。フィオナは実によくやってくれている――それが、何か？」

「……ですが」

まだミリセントは言葉を続けようとしたけれど、フレデリックはフィオナを腕の中に閉じ込めた。閉じ込められたフィオナはうろたえるが、フレデリックは平静を保っているようだ。

「マーセル伯爵令嬢。君は、何も心配しなくていい。俺とフィオナは、これ以上は望めないほどうまくやっている」

「そ、そうですか……」

ミリセントは、視線を泳がせた。フレデリックの反応は、思いがけないものだったらしい。

ちょうど飲み物を手にした侍女が戻ってくる。フレデリックはそれを受け取ってフィオナに差し出した。

「これを飲んだら、挨拶回りに行こうか。君に会いたがっている者はたくさんいる」

「はい、フレデリック様」

まだ何か言いたそうにしていたミリセントだったが、フレデリックに冷たい目を向けられて自分の敗北を悟ったようだ。

それ以上、余計なことは言わずに姿を消した。

「……美味しい」

渡されたグラスの中身は、果実のシロップを水で割ったものだった。

爽やかな酸味と甘味が喉を滑り落ちていく。飲み物の冷たさが、フィオナに落ち着きを取り戻させた。

フレデリックはフィオナをダンスに誘い、フィオナもそれに応える。マナーの復習の時に、ダンスも復習させてもらったから、ついていくのも難しくなかった。

いや、フレデリックの腕がいいのだろう。

迷うことなくフィオナを導き、身体を支え、フィオナが最高に美しく見えるよう気を配る余裕まである。

「フィオナは、ダンスが上手なんだな」

「フレデリック様が、いい先生をつけてくださったからですよ！」

ダンスの合間に、会話をするのにも慣れてきた。

楽しい。夜会がこんなに楽しいなんて、知らなかった。きっと、フィオナをエスコートしているのがフレデリックだからだ。

ダンスを終えたら、再び多くの人に囲まれる。

さらに何人かの挨拶を受け、ようやく帰宅の途につくことになった。帰りの馬車に乗り込んだ時はもうぐったりである。

結婚の報告に行っただけなのに、まさか異母妹にからまれるとは思ってもいなかった。

――私のことは、もう放っておけばいいのに。

フィオナが家を出ることで、あの家は家族としての正しい形を取り戻せたのだ。今さらフィオナにかまわないでほしい。

――たぶん、私が不幸なのを確認したかったのだろうけれど。

フレデリックの結婚に対する姿勢は、間違いなくミリセントも知っている。だからこそあれだけの笑みを浮かべて近づいてきた。

だが、ミリセントに恨まれる理由にまったく心当たりはなかった。継母とミリセントが

屋敷に入った時には、亡き母とフィオナはもうあの家を追い出されていたし。

まともに顔を合わせたのは、十四歳で屋敷に連れ戻された時が初めてだった。

なのに、最初からミリセントはフィオナに敵愾心《てきがいしん》を向けてきた。

「異母妹が、ご迷惑をおかけしました」

「迷惑だなんて思っていない」

屋敷に戻る馬車の中、フレデリックに謝罪をする。

「それでも、です。父とフレデリック様のお約束は、私とフレデリック様の結婚できちんと果たされたはず……いえ、果たせたとは言いきれませんが。でも、そこに口を挟むだなんて」

王家の血を受け継ぐ者をもうけてはいないため、正確にはまだ約束は果たされてはいない。だが、父はフィオナをフレデリックに差し出し、フレデリックはフィオナを娶ったことでとりあえずは落ち着いたはず。なのに、あんな形でミリセントが口を挟んでくるとは。

「俺と君との約束はまだ果たせていないがな」

「……それは、私と父の問題ですから」

王族の血を受け継ぐ者が増えたところで、父が約束を守るとは限らないけれど。

そうつぶやいて薄く笑うと、フレデリックはなんとも形容しがたい表情になった。

「……俺は、我が家に来てくれたのが君で本当によかったと思っている」

それには返す言葉を持たなくて、フィオナは視線を落とす。

――それなら、まだましかしら。

少なくとも、フレデリックはフィオナを必要としてくれている。そんな風に自分の考えに沈み込んでいたら、並んで座っていた馬車の中、不意に肩を引き寄せられた。

「んっ……」

唇を重ねられて、甘い声が漏れた。

今までフレデリックに触れられたことは何度もあったけれど、口づけられたのは初めてだった。

まだ本当の意味では結ばれていないとはいえ、彼にはすべてを見られているのに口づけすらしたことないなんて変な話だ。

けれど、二人の関係は歪なもの。初めての口づけでもしかたないのかもしれない。

一瞬離されたかと思ったら、また唇を合わされた。

唇の形を探ろうとしているみたいに、何度も角度を変えては啄まれる。まっすぐに座っていられなくて、フレデリックの腕に身体を預けた。

やがて、彼の舌先がフィオナの下唇に触れた。促されるように口を開けば、熱い舌が入り込んでくる。

「んぅ……ふ、ぁ……」

くちゅり、と音を立てて舌先を絡め合うと、頭の中までかき混ぜられているような気がした。

漏れる息もすべてフレデリックに奪われるみたいだ。キスの合間に息継ぎをするだけで精一杯。

キスの合間も、フレデリックの手はフィオナの背中をゆっくりと撫でている。身体の奥から熱が生まれてきて、ぞくぞくとした感覚が背筋を走る。

その優しい手つきにうっとりとしていると、唇を離されて至近距離で見つめられた。

「フィオナ」

吐息混じりの声で呼ばれるだけで、身体がひくりとしてしまう。彼の瞳には確かな欲情の色があって、それが自分に向けられていると思うとぞくぞくする。

——ああ、もう、駄目……。

正面から視線を合わせれば、フレデリックの目に映る自分自身の顔が見えた。

とろりとした目、わずかに開いた唇。これから先に待ち構えている性感を期待する淫らな顔。自分の表情にぞくりとする。

「フィオナ、いいか」

「……はい」

そっと目を閉じれば、再び唇が落ちてきた。今度はすぐに舌が入り込んできて、フィオナの舌にねっとりと絡みつく。舌の先で歯列や上顎をなぞられながら、フィオナは必死に崩れまいとした。

時折、彼の指が耳に触れる。そこも弱いところのひとつだということを、彼はよく知っていた。

「あっ……！」

耳殻《じかく》を撫でていた手が首筋をくすぐる。その感覚に、フィオナは身を捩った。くすぐったさだけではない。そこから広がってくるのは性感への誘い。

無意識のうちに声が出てしまい、恥ずかしくてたまらないけれど、抑えられなかった。

「んっ……あぁ……」

首筋に触れていた手が再び背中に回り、ぐいと引き寄せられる。

ぴったりと身体が密着し、彼の胸に顔を埋めたら、自分の鼓動が脈打っているのを感じた。

王宮の舞踏会に初めて出席したからだろうか。それとも、初めて口づけたからだろうか。

今日のフィオナは、どこかおかしい。そわそわしてしまっている。

「そろそろ着くな」

いつまでもこうしていたいと思っていたのに、馬車は屋敷に到着しようとしていた。

――もう着いてしまうなんて。

もう少しこのままでいたいと言ったら、フレデリックは笑うだろうか。

先に降りたフレデリックは、フィオナに手を差し出した。その手を借りて馬車を降りる。

「お帰りなさいませ」

「ああ」

馬車を降りると、使用人達が出迎えてくれた。いつもと変わらない光景なのに、今日はなぜか違うものに感じられた。

「初めてのことでお疲れでしょう。すぐにお休みになれるよう、支度を調えてあります」

微笑みながらそう口にしたのは、フィオナ付きの侍女である。

「ありがとう……あっ」

やはり疲れていたらしく、足がもつれてよろめいた。ひやりとするが、すぐにフレデリックの腕に抱きとめられる。

「今日は大変だったからな。部屋まで送るから、楽な格好に着替えるといい」

「ありがとうございます、フレデリック様」

笑みを浮かべると、フレデリックは目元を柔らかくした。こんな表情を見るのは初めてかもしれない。

もしかしたら、馬車の中での口づけが互いにまだ尾を引いているのかもしれない。自分の身体が思うようにならなくて、不思議な気持ちになる。

フィオナを部屋の前まで送り届けたフレデリックは、こちらに身をかがめてきた。

「また、あとで」

その言葉に、別の意味が込められているように感じられて、思わず胸が高鳴る。

帰宅途中の馬車での触れ合い。

それは、もしかしたら今までで一番濃密に彼と触れ合った時間かもしれなかった。あの時間があったことを考えると——もしかしたら、今夜は。

侍女達の手に身に着けていた宝石を預け、重いドレスを脱いだらほっとした。

「浴室のご用意ができております」

「ありがとう。すぐに行くわ」

侍女達の手を借りて入浴する。香りのいい菫の香油を垂らした温かな湯に身を沈めたら、身体が溶けていくみたいに感じられた。今日はやはり、緊張していたようだ。

ゆっくりと湯に浸かってから上がると、化粧水やクリームで肌を整える。そのあと、寝間着に着替えて髪を乾かしてもらった。

侍女達に手入れされながら、鏡に映る自分の顔をよく観察してみる。

まだ夜会の興奮が残っているのだろうか。顔だちそのものが変わったわけでもないのに、いつもよりも華やいでいるように感じられる。

それに、いつもならとっくに眠りについている時間なのにまだ眠くならない。

侍女達も何事か察しているみたいで、いつも以上に丹念に手入れをされ、寝室へと送り込まれた。

――問題はない……わよね？

先ほどの馬車での触れ合いだけでなく、今日までの積み重ねもある。今なら、フレデリックを最後まで受け入れられそうな気がする。

ドキドキしながらベッドに腰かけていたら、入ってきたフレデリックは、フィオナの横に腰を下ろした。

彼の手が肩にかかって、身体をびくりとさせてしまった。その手の温かさに思い出すのは、馬車の中での触れ合い。それだけで、背筋を甘い痺れがかすめた。

「驚かせたか」

「いいえ……ただ、今夜は夢みたいだったと思って」

胸を押さえると、フレデリックの手がそこに重ねられた。フィオナはそっと目を閉じる。それを誘いと受け取ったかのように、フレデリックはフィオナに口づけてきた。

「んっ……」

鼻から漏れたのは、甘ったるい吐息。

フレデリックに押し倒される形で、ベッドに倒れ込んだ。のしかかってくるフレデリックを反射的に押し戻そうとするが、びくともしない。

「……今日はお疲れでは？」

「そうかもしれないな」

そう言いながらも、彼は手を止めようとしない。

それどころか、さらにフィオナの身体に手を這わせてくる。こうして触れられるのは慣れたと思っていたけれど、今までよりも鋭敏な感覚が走り抜けていった。

「あっ……」

寝間着の上から乳房を摑まれて、フィオナは背をしならせる。

フレデリックの大きな手に双乳の形を変えられながら、首筋に、耳朶に這わされる舌の熱い感触に身をくねらせる。乳房を揺らす手の、布越しの愛撫《あいぶ》がもどかしい。

しばらくそうやってフィオナの身体を味わってから、フレデリックは顔を上げた。

頬が熱い。きっと、赤くなっているのだろう。

顔を背けようとしたけれど、顎を摑まれて真正面から視線を合わせられる。

鼓動が跳ね上がったけれど、目をそらすことはできなかった。

「フレデリック様……?」

フィオナの唇から漏れたのは、どこか不安混じりの声。

再びフィオナに口づけたフレデリックは、今度は唇を合わせるだけではなく、舌を差し入れてきた。

ゆっくりとした動きに応じれば、今度はきつく吸い上げられる。かと思えば、再び舌が擦り合わされる。

唾液が混ざり合う音を聞きながら口づけをかわすうちに、頭の中がぼうっとしてきた。

寝間着の裾を割られ、手が這い上がってくる。腿の内側を指先がかすめ、そこから甘い痺れが身体の内側に浸透してくる。

「……フィオナ」

耳元で名を呼ぶ艶っぽい声。そのまま耳朶を食まれ、舐め上げられて、身体をくねらせながら逃げようとした。

もう、身体の奥に欲情の火がともっている。

快感の受け入れ方は知っている。今日までの間にフレデリックは幾度となくフィオナに触れてきたから——けれど。

「駄目っ……」

今日は、今までとは違う気がして怖い。

彼の手は寝間着の上からフィオナの乳房を揉《も》みしだき、首筋にいくつも口づけを落としてくる。背筋にざわめく感覚が波のように寄せては返し、フィオナの息を乱していく。

「やっ……あっ……」

寝間着の上から胸の頂を擦られて、フィオナは動揺した。たったそれだけの刺激で、甘い声を上げてしまう。

ふっと笑む気配がして、フレデリックが身を起こした。その目には獣欲のようなものが浮かんでいる。

きっとこのまま彼に食べられてしまう——頭がくらくらする。

身体の芯に熱がともる。彼が欲しくてたまらないのに、どうしても身体が強張ってしまう。

「嫌か？」

顔を寄せられて、またキスをされるのかと思ったけれど、彼はそうしなかった。ただじっとこちらを見つめてくるだけ。

フィオナは震える唇を開いた。そして首を横に振ると、小さな声で答える。

「……嫌……ではないです」

「そうか」

彼が再び覆いかぶさってきて、フィオナはそっと目を閉じた。彼の手が寝間着のボタンにかかる。ゆっくりと外されていく気配に羞恥心がますます刺激される。

肌に触れる唇にかすかに身体を震わせたら、そのまま寝間着の前が開かれた。まろやかな乳房を両手で揉みしだかれた次には、中心を指先で摘まれる。

羞恥と快感で、頭の中が一気に白く染められた。

「あっ……」

思わず声が出てしまい、慌てて口を押さえる。フィオナの様子を見ながら、フレデリックは強弱をつけてそこを捏ね繰り回してきた。

指の動きに煽られるように、身体の奥から熱が湧き上がってくる。もっとして欲しいと思っている自分に戸惑う。

ふっと目を上げれば、フレデリックはフィオナの様子を窺《うかが》うように見下ろしていた。

わざとフィオナと目を合わせながら、彼はゆっくりと顔を下ろしていく。

「あぁんっ！」

早くも硬くなっている胸の頂を舌で弾かれ、円を描くように舐められて、濡れた嬌声《きょうせい》が上がった。

背筋を駆け抜ける悦楽の波に流されないよう、両手で強くシーツを掴む。濡らすように舌で弾かれ、唇で啄まれる度、お腹の奥がじんじんしてくる。

やがて、乳房を蹂躙《じゅうりん》していた唇が離れ、フレデリックは身を起こして身体を下の方へとずらした。

「駄目っ……！」

慌てて彼の頭を押しとどめようとしたが、遅かった。腰のあたりにわだかまっている寝間着を捲り上げられ、下着に手がかかる。

するりと抜き取られると、ひんやりとした夜の空気に晒《さら》される。

身じろぎしたら、熱いものが流れ落ちるのを自覚した。

手で顔を覆ってしまうと、両手を取られて頭の上で押さえつけられる。フレデリックの大きな手は、フィオナの両手首をたやすくまとめてしまう。

「んんっ……」

彼の指先がするりと腿の内側を撫で、熱く湿った場所のすぐ側をくすぐってきた。もどかしさに、甘ったるい声と同時に腰が揺れる。

今までにも触れられたことはあったけれど、自分がこんなはしたないとは思わなかった。膝を大きく開かれ、フレデリックが間に身体を割り込ませてくる。

熱い吐息が秘所に触れて、フィオナは小さく悲鳴を上げた。だが次の瞬間、ぬるりとした感触に襲われて息を呑んだ。

「あっ……駄目っ……ああっ」

敏感な芽を丹念に舐め上げられ、転がされると、身体の内側から淫らな愉悦がこみ上げてくる。

優しくて巧みで、どこまでもフィオナを感じさせようとする淫らな愛撫。

首を振ってやり過ごそうとしても無駄な努力。

フィオナの身体は、今宵までの間に快感の受け入れ方を教え込まれている。それを思い出した途端、身体の奥から熱いものが溢れ出した。

「んんっ……あぁぁんっ……！」

一際高い声を上げて、フィオナは身体をしならせた。舌で触れられる度に、下半身に鋭い感覚が走る。

あっという間に追い上げられて、絶頂に身体を震わせた。

「まだ、続けられるか？」

その問いには、ぼんやりとしたまま首を縦に振る。フレデリックは、ほっとしたように息をついた。

「ぁんっ」

蜜を吐き出し続けていた花弁が、指で開かれる。左、右、と形を確かめるみたいにゆっくりと撫でられ、新たな蜜が溢れ出した。

こんなにゆったりと触れられるのかと思ったら、なぜか切なくなった。なのに身体は快感に敏感で、指先まで熱く痺れてしまう。

蜜口に触れていた指がそっと中に入ってきた。第一関節くらいまでで抜き差しを繰り返し、中を探ってくる。

「はぁっ……あぁ……んっ」

もっと奥まで埋めてほしくて、腰の奥から押し寄せるもどかしさにフィオナの眉が寄る。抜き差しを繰り返しながら、時折指を曲げられる。指が動く度にぬちゅぬちゅと耳を塞ぎたくなるような音が響いてくるのが恥ずかしくて、首を横に振った。

「どうした？」

わかっているくせに聞いてくるから、恨めしくなる。

それなのに身体は勝手に反応してしまうのだからどうしようもない。

もっとして欲しいと訴えかけるみたいに腰が揺れる。それでも足りなくてフレデリックを見やれば、彼は笑みを深めた。

「あぁっ！」

次の瞬間、これまでとは比べ物にならないならないほど奥まで指を差し入れられた。蜜壁を探られ、同時にぷっくりとふくれた花芽を親指で転がすように刺激される。

「あっ、あっ、あぁぁっ！」

指が往復する度に、敏感な芽を刺激される度に、大きくなる熱。鋭敏な刺激がぞくぞくと身体を走り抜けて、再び絶頂まで連れ去られる。

いくら今日までの積み重ねがあったとはいえ、今まではここまで敏感ではなかったのに。

「あぁっ！　あっ……んぅっ」

一度達したせいだろうか。より深く、大きな快感の波がやってくる。

指を迎え入れるように腰を押し付けてしまい、それに応えるようにして奥まで穿《うが》たれると、閉じた目の奥で白い光が煌めく。

「あぁぁっ――！」

中がきゅうっと締まり、それから弛緩していくのがわかった。身体は小刻みに痙攣《けいれん》しているし、蜜口はとろとろと熱いものを溢れさせ続けている。

「ん……フレデリック様……」

フィオナが両手を伸ばすと、フレデリックは身体を寄せてきた。

身体にまだ絡まっていた寝間着が、フレデリックの手によって器用に脱がされていく。とうとう、すべてが彼の前にさらされた。

フレデリックは、フィオナの額にキスをしてから身を起こした。そして、自分の寝間着に手をかける。フィオナは、まっすぐに彼を見ていた。

フレデリックの裸身は、彼が貴族の出身であることまざまざと突きつけてくるようだった。均整が取れて、美しく筋肉のついた身体。

はしたないとわかっていても、目をそらすことができなかった。よく鍛えられた胸、しっかりと筋肉のついた腕。腹筋は見事に割れていて——そこからさらに視線が落ちる。

「そんなに見たいものか？」

「……そういう、わけ、では」

口ではそう言いながらも、フィオナの目はフレデリック自身を捉えていた。

彼の下腹部で頭をもたげているそれが、フィオナに興奮しているという証《あかし》。

最初の夜は、あまりの大きさに驚いてしまった。あれを自分の中に受け入れることができるのだろうかと、不安に泣いてしまったけれど、今日は大丈夫だ。

身体の奥から欲望が込み上げてくる。彼の熱情が欲しい。

そっと手を伸ばしてみる。

「……フィオナ」

熱を帯びた声で名を呼ばれる。それだけで、身体が疼く。そして、熱く滾《たぎ》った昂りの先端が押し当てられた。

は……と期待に満ちた吐息が零れた。

フレデリックが腰を進め、少しずつ先端が埋まっていく。その質量に息が詰まる。わずかな痛みに身体が強張った。

漏れるのは吐息混じりのあえかな声。苦しいのに、もっと満たされたいと思ってしまう。

フレデリックは一旦動きを止め、フィオナの顔中にキスを落とした。

「痛いか？」

「……少し」

正直に言えば、彼は苦笑する。だって、怖いものは怖いし、痛いものは痛いのだ。

そして、ゆっくりと動きを再開した。フィオナを傷つけないよう、慎重に押し込まれる動きが、逆にその熱をありありと伝えてくる。

「んっ……」

少しずつ、彼を受け入れるために押し広げられていく。身体を作り替えられていくその感覚に、胸の奥が熱くなる。

「無理をさせてないか？」

「大丈夫……です」

初めての時は痛いと聞いてはいたが、恐れていたほど痛くはなかった。

やがて、隙間がないほど二人の身体が密着した。抱き締められたら身体全体が甘やかな痺れに満たされる。

「フィオナ……」

名前を呼ばれた瞬間、身体の奥がきゅんとうずいた。

もっと、もっと彼を感じたい。

フィオナは両腕を伸ばしてフレデリックを引き寄せる。彼は微笑んで、フィオナの額に口づけを落としてきた。それからゆっくり律動が開始された。

身の内を占める圧倒的な質量がゆるゆると引き抜かれ、そしてすぐに深い場所を突き上げられる。

「あっ……あぁっ」

浅い場所から最奥まで、くまなく粘膜を擦られるのが気持ちよくてたまらない。揺さぶられる度に、身体の奥底から熱がこみ上げてくる。フレデリックの動きに合わせて、腰が動いてしまう。

眉を寄せた苦し気なフレデリックの表情。彼にも余裕がない。

自分だけが翻弄されているのではないのだと思うだけで、フィオナの中がきゅっと締まる。フレデリックが息を詰めたのが分かった。中で彼の質量が増すのがわかる。

「あぁっ……」

最奥を突き上げられた時だった。

何かにぶつかったような感覚と共に全身に快感が走った。痺れるような甘い感覚から逃れたくて身体を捩るけれど、いっそう彼に内側を擦りつける形になってしまっただけだ。

「あぁっ！　……あっ……あぁぁんっ！」

激しい抽挿《ちゅうそう》が始まり、フィオナは高い嬌声を響かせた。

フレデリックの息も上がっているのがわかる。熱に浮かされ、快楽を享受している。フィオナしか知らない彼の顔が嬉しかった。

「あっ……あぁっ……駄目っ……またっ！」

身体が強く反り返る。

目の前がちかちかして、頭の中が真っ白になる。世界が白一色で染め上げられる。それでも抽挿は止まらない。絶頂の波が押し寄せてきたと思ったら、新たな波がくる。その繰り返しだ。

「駄目っ……もうっ……おかしくなっちゃう……！」

フィオナが泣いて訴えても、フレデリックは止まってくれない。

激しさを増した動きに翻弄されるまま、フィオナは上り詰めていく。目の前がちかちかして何も見えない——そう思った瞬間だった。ただ、感じ取るのはフレデリックだけ。

身体をぶつけられる度に、圧迫された花芽が痺れて愉悦にさいなまれる。

フィオナの喘ぎに合わせるように、フレデリックの腰使いは放埒《ほうらつ》さを増していく。彼の動きに合わせるように、中で熱が膨れ上がっていくのを自覚する。

「あっ……んあっ、あ、あぁっ！」

繋がっている箇所が、腰骨が、背骨が、いや、そうではない。身体全体がぐずぐずに溶けてしまいそうだ。

顎を反らせて喘げば、唇を合わされ、舌をねじこまれ、呼吸まで奪おうとしているみたいに口内を蹂躙される。

「あぁっ！　あっ、もうっ……あぁぁっ！」

揺さぶられて、視界がぶれる。全身が震える。強烈な快感に、すべてが支配される。

涙が溢れた──その瞬間、腰を掴むフレデリックの手に力がこもった。これ以上はないと思っていたのに、さらに律動は激しさを増し、最奥に痺れるような感覚が広がる。

何も考えられず首を横に振った時、最奥で彼の熱がはじけた。

熱いものが叩きつけられるその感触にさえも感じてしまって、もう何がなんだかわからない。ただ、彼にしがみつくように抱きしめ、愉悦に身悶《みもだ》えた。

やがて力が抜けた──その途端、身体が鉛《なまり》のように重く感じられた。全身がだるい。

「大丈夫か？」

フレデリックの手が優しく背中を撫でるのが心地よかった。もう、身体を動かすことも億劫《おっくう》だ。

彼は、汗で張り付いたフィオナの前髪を撫でつけるように後ろに流し、それから額にキスをした。そしてゆっくりと自身を引き抜いていく。

ようやく、フレデリックとの約束を果たすための一歩を踏み出すことができた……そう思ったものの、すぐにフィオナの意識は睡魔にとって代わられた。

【第四章　最高に幸せな一日】

一つの山を越えた今、二人の距離は明らかに近くなっている。

少なくとも、手を握られただけで飛び上がりそうになることはなくなった。フレデリックがフィオナを見る目も、以前よりも甘さを帯びている気がする。

――もうすぐ十八歳、ね。

居間で刺繍をしていたフィオナだったが、ふと窓の外に目を向ける。

三日後が、フィオナの十八歳の誕生日だ。成人と認められ、独立できる年齢になる。

成人したならば、一人で生きていける。ずっとそう思っていた。

でも、どこか落ち着かない。フレデリックとの約束さえ果たしたら、自分の思い描いていた未来を手に入れられるのに。

今のこの気持ちに、どんな名前をつけたらいいのだろう。わかってはいるけれど、認めてはいけないのだとそこからは目をそらす。

フレデリックがフィオナに望んでいるのは、後継を残すことだけ。

そっと平らな下腹部に手を当ててみる。

この生活が続いたら、いつかはここに彼の子を宿すだろう。自分が新たな生命を生み出すと考えると、それもまた不思議だった。

——だけど。

もし、フィオナが子を産んだとして。

契約は終えたと、子を残して出ていくことができるのだろうか？　そんなことさえ考えてしまう。最初から、期待してはならない未来なのに。

扉が叩かれたかと思うと、フレデリックが顔をのぞかせる。

「フィオナ、ここにいたか」

「何か御用ですか？」

先ほどから、刺繍の手もすっかり止まっていた。百合《ゆり》の花を刺していたはずが、まったく進んでいない。

慌てて刺繍枠を道具箱の中に放り込むと、フレデリックはまっすぐに進んできてフィオナの前に立った。

「三日後、予定は空いているか？」

「……ええ」

基本的に、フィオナは屋敷にいることが多い。

買い物は執事に頼めば出入りの商人を呼んでくれるため、あえて外出する必要はない。月二度ほどランティス商会に帳簿をつけに行くのは少ない外出の機会だが、刺繍糸程度ならば、そのついでに買ってきてしまう。

それ以外に出かけるといえば、フレデリックが社交上の催しに出席する際、同伴する時ぐらいだ。

「わかった。俺の用事に付き合ってもらいたいのだが、いいだろうか」

「もちろんですとも」

にっこりと笑って返すとフレデリックはフィオナの横に腰を下ろしてきた。用事をすませたらすぐに出ていくと思っていたが違ったらしい。

――どうしよう。

彼が隣に座ったとたん、鼓動が強く跳ね上がる。息がせわしなくなっているのに気づかれていなければいい。

肌を重ねたあとだからか、この頃、フレデリックとの距離が近くなるとどうしてもこうなってしまう。刺繍枠も片づけてしまったから、刺繍に熱中しているふりもできない。

「……あっ」

伸ばされた手が、フィオナの髪に触れる。

それだけで背筋に甘やかな痺れが走って、小さな声が上がった。フレデリックは動じた様子もなく、フィオナの髪から手を離す。

「糸がついていた」

「ありがとうございます……なんで、そんなところに」

刺繍に使っていた糸の切れ端が、耳の上あたりについていたようだ。

一瞬、髪を撫でられるのかと思った。

——馬鹿みたい。

こうしてそわそわしているのは、フィオナだけ。彼は、フィオナになんの感情も抱いてはいないはず。

「——この屋敷での生活に問題はないか？」

「ありません！」

思いもかけない問いを投げられて、自分でも驚くほど強い口調で返してしまう。

あまりの強さにフレデリックもあっけにとられるほど。フィオナ自身も驚いた。

「いえ、すみません……本当に、皆よくしてくれるので」

伯爵家で生活していた頃は、使用人達もフィオナのことは空気のように扱っていた。洗濯や掃除、食事といった身の回りの世話はきちんとされていたけれど、それだけでしかなかったと言えばいいだろうか。

古くから屋敷で働いていた者をのぞき、使用人達はフィオナを遠巻きにしていた。フィオナの頼みは、できるだけ聞かないですむように。

粗略に扱えば当主である父から叱責されただろうし、必要以上に気を回せば、継母やミリセントの怒りを買いかねない。

あの屋敷から離れてみれば、彼らもまた難しい舵取《かじと》りを迫られていたということがよくわかる。

「このお屋敷の使用人達は、私のことも気遣ってくれるので……本当にありがたいと思っているんです」

屋敷内のことは執事や家政婦にたずねれば快く答えを返してくれる。

侍女達は肌寒ければショールを勧めてくれるし、温かい飲み物はどうかと声をかけてくれる。

フレデリックの配偶者としてきちんと扱ってくれるだけではなく、疲れているように見えたら気遣う言葉をかけ、温かいお茶を用意するなどささやかな気配りも忘れない。

それが何よりフィオナには嬉しい。

「そうか。それならいいんだ。邪魔をして悪かったな」

「邪魔ではありません。集中できないでいましたから」

「では、俺の居間に移動するか？　別のことをするのもいいと思うぞ」

誘われて、どうしようかと迷う。フレデリックの部屋での読書というのは、たいそう心惹《ひ》かれる提案だ。

――ドキドキしているのは、私だけだってわかっているから困るのよ。

彼はフィオナに優しいけれど、フィオナのことを愛しているわけではない。

フィオナとの契約についても、少なくともフレデリックなりの線を越えない範囲では大切にしようと、歩み寄ろうとしてくれている。

フィオナ個人に負担をかけないようにふるまうのは、それが元来の彼の気質だからにすぎない。

――勝手な願いを持たないようにしていたつもりだったのに。

彼に好意を寄せずにいられると思っていたのに、無理だった。

自分の甘さに嫌になってしまう。

肌を重ねただけで、こんなにも相手のことが気になるものだとは思っていなかった。

「フィオナ？」

「そうですね、どうしましょう？」

沈黙を不思議がったフレデリックに名を呼ばれ、笑ってごまかす。

フィオナがあまりにも人の好意に飢えていただけだ。それは、フィオナの計算違い。

——考えてもしかたないわね。

この気持ちをどうしようなんて考えたってしかたない。ここを離れるその日まで、蓋をし続けるしかない。

彼のもとを離れたあとなら、初恋の残滓《ざんし》を抱きしめるくらいきっと許される。

「一緒に行きます。新作が入ったのですよね？」

「先週新作が入ったばかりだが、明日、また新作が届く予定だ」

「大変、急いで読まなくちゃ」

顔を見合わせて、小さく笑う。

こんなささいなやり取りだけで幸せに思えてしまう。終わりが見えているからこそ、この時間を抱きしめていたかった。

◇　◇　◇

自分でも、こんなにフィオナが愛しくなるとは思ってもいなかった。きっと彼女の気持ちは、最初とまったく変わっていないだろうが。

自分でもどうかと思う提案をしたが、フィオナはそれを受け入れた。

最初に決めた線から一歩も出ず、いつもフレデリックに譲歩してくれる。

――今になって、オズワルドの言っていたことが理解できるな。

オズワルドは、最初からフレデリックとフィオナの関係は、変わらざるを得ないと見抜いていた。結婚を強要してきたのはオズワルドなのに。

『従兄に幸せになってもらいたいと思うのは駄目なのかな？』

結婚をせかしてきたオズワルドはそう言った。あの時のオズワルドを思い出せば、フレデリックは何も言えなくなってしまう。

幸せになってもいいのだろうか。フィオナの方に踏み出してみても、大丈夫だろうか。

――誘ったら、どんな顔をするのだろうな。

もっとフィオナの側にいたい。フィオナのことを知りたい。

こんなにも彼女のことが気になるのは、肉体的に結ばれたからというだけではない。二人で過ごす時間が、思っていた以上に心地よかったのだ。

フィオナとならば、何を話しても楽しいし、何もしていなくても、互いの間に流れる空気は本当に心地いい。

――ああ、そう言えば。

もうすぐ、フィオナの十八歳の誕生日だ。たまには、フレデリックの用事につき合わせるのではなく、二人で出かけてみようか。

フィオナが誘いに応じてくれるならば、であるが。

そう決めたフレデリックは、思いきってフィオナの部屋を訪れた。刺繍をしているところだったらしい。

フレデリックの姿を見たフィオナは、慌てた様子で刺繍枠を道具箱に放り込んだ。隣に腰を下ろせば、刺繍道具の入った箱を遠くに押しやる。

ちらりと見えたが、百合の花を刺繍していたようだ。使用人達によると、フィオナの裁縫の腕はかなりのものらしい。

らしいというのは、フレデリックからすれば職人が刺したのと変わらないように見えるとしか言えないからだ。

公爵家では針仕事専門の使用人も雇っているが、彼女達の仕事ぶりと比較しても遜色ない腕前だと聞かされた。貴族の令嬢でそこまでの腕を持つ者というのはめったにいないのだとか。

今では、屋敷の中あちこちにフィオナの手仕事が飾られている。

たとえば今、二人が腰を下ろしているソファに置かれているクッションもそうだ。左端に小さく、ドラモント公爵家の紋章が刺繍されている。ささいな小物ひとつで、室内の空気が変わるというのも、フィオナと暮らすようになってから初めて知った。

「三日後、予定は空いているか？」

「……ええ」

きっと、フィオナは気づいていないだろう。この言葉を発するまでに、フレデリックがどれだけ考え込んだか。

フィオナが屋敷に来てから二か月以上。フレデリックの方から、こうして誘いをかけたことはなかった。

夫婦ならば、共に出かけるのもおかしくはないとわかっていたが、フレデリックから共に出かけてくれと頼んだのは、どうしてもフィオナの同伴が必要な社交上の付き合いだけ。

それ以外は、機会がないままここまで来てしまった。

「わかった。俺の用事に付き合ってもらいたいのだが、いいだろうか」

「もちろんですとも」

そう返すフィオナの顔から目を離せなくなる。

三日後がフィオナの誕生日であることぐらい知っている。だからこそ、誘った。

嫁いできた今、フレデリックが祝わなければ誰もフィオナを祝おうとはしない。

ふと見下ろせば、フィオナの金髪に糸くずがついている。きっと、刺繍に夢中になっていて気づかなかったのだろう。

無言のまま手を伸ばし、糸くずを取り去ってやる。フィオナが肩を跳ね上げた。

本人は気づいていないだろうが、わずかにのけぞり、フレデリックとの距離をあけようとしている。

なんでもないと言いたかったのに、思ったように言葉が出てこない。

「――この屋敷での生活に問題はないか？」

「ありません！」

問いかければ、思っていた以上に強い言葉が返ってきた。それは、口にした側のフィオナもそうだったみたいで、自分でそうしておきながら目を丸くしている。

――何を考えているのだろうな。

こういう時、女性は何を考えるものなのだろう。

表面上はうまくやっているように見えるかもしれないが、フィオナと結婚するまでは徹底的に女性を側に寄せないようにしてきた。

オズワルドなどには笑われるが、こういう時、女性が何を考えるものなのかさっぱりわからないのである。

けれど、フレデリックからそれを告げることはできなかった。

――勝手な思いだ。

いずれ、フィオナはこの屋敷を出ていく。最初にそう取り決めた。

なのに、彼女がいなくなった未来を想像すると落ち着かなくなるのはなぜだろう。考えてみるけれど、答えは見つかりそうになかった。

◇◇◇

三日後。朝食を終えたフィオナは玄関ホールにいた。

町に出かけると聞いたから、侍女達に相談して、動きやすい服装にしてもらった。

白いブラウスに、爽やかな青い色の上着と同じ布で仕立てたスカート。ブラウスの胸元にはリボンを結び、ハンカチ等は小さなバッグに入れる。

「待たせたな。まだ、余裕があるかと思ったんだが」

約束の時間五分前、フレデリックが軽やかな足取りで階段を下りてくる。「いいえ」と小さな声でつぶやいたのは、彼の耳に届いているだろうか。

彼と出かけるのは初めてではないが、王宮や他の貴族の屋敷を訪問する目的以外で出かけるのは初めてだ。

侍女達にどこに行くのか聞いても、顔を見合わせて微笑むだけで、明確な答えはもらえなかった。

結局、十五分前にはここにいて、そわそわと周囲を見回したり落ち着きなくぐるぐる回ったり、意味もなく窓から外を眺めてみたりしていた。

フィオナがそわそわしているのを、侍女達が温かい目で見ていたのは、フレデリックとの仲を完全に誤解している。

——たしかに、約束のことまで侍女達に教える必要はないものね。

屋敷の者達は、二人の契約については何も知らない。知らせる必要もない。

フィオナが出ていったら少しびっくりするだろうけれど、それだけだ。

「今日の服はいいな。似合っている」

「え？　ありがとう……ございます……」

近づいてきたフレデリックがなんてこともないように口にするから、一瞬反応が遅れた。

こんなにも耳が熱い。絶対に耳まで赤くなっている。

だが、フレデリックはフィオナのそんな反応なんてまったく気にしていないみたいだ。ごく自然にフィオナの手を取り、外へと連れ出す。

今日はよく晴れていて、初夏らしい爽やかな風が吹き抜けていく。

風に頰を撫でられて、なんとか落ち着きを取り戻すことに成功した。

——フレデリック様の用事にお付き合いするだけだものね。

並んで座った馬車の中、窓の外を流れる町の景色に目を向ける。

今日も王都はたくさんの人でにぎわっていた。母と暮らしていた下町も、きっと今日も多くの人が行き来しているだろう。

「今日は——どちらに？」

「行けばわかる」

フレデリックが目的地を言わないのは初めてだ。なんだかおかしい、とは思うもののそれきりフィオナも口を閉ざす。

馬車が行く方向が、どんどんフィオナの知っている景色になってきて、首をかしげる。

——ここって。

母とフィオナが暮らしていた家はこの近くだ。

そして、馬車が最終的に停車したのは、そこから少し離れた墓地だった。

子爵家の墓地に母を葬ることはできなかったから、ここに母を葬った。

帳簿付けが早く終わり、ここまで足を延ばしても問題ないだろうと思える日はそう多くなかったから、めったに墓参りに来ることもできなかった。

――私の帰りが多少遅くなっても、あの人達は気にしなかったわよね、きっと。

フィオナの帰りが遅く、夕食に間に合わなかったとしても、彼らは何も思わなかっただろう。

せいぜい、「夕食には間に合うように帰宅すること」と叱られて終わり。

今になってみれば、何をそんなに恐れていたのか、フィオナ自身にもよくわからなくなっていた。

フレデリックと結婚してからは、ランティス商会を訪れた帰りに堂々とここに来られるようになった。先日、帳簿付けに行った帰りにもここに寄った。

「まだ、挨拶もしていなかったからな――ついでで悪いが」

「いいえ……母もきっと喜びます」

いつの間に準備させていたのか、御者からフレデリックが受け取ったのは白い花とピンクの花を中心に作られた花束だった。この時季に咲く品種の薔薇が、花束に鮮やかさを添えている。

――こんなところまで気を使ってくださるなんて。

フィオナの母の墓参りなんて、彼が来る必要もなかったのに。母に挨拶をしたいと思ってくれるその気持ちが嬉しい。

フレデリックが花を備え、墓の前に二人並んで頭《こうべ》を垂れる。

公爵家に移ってからは、毎日来ようと思えば来られた。

だが、馬車の用意をしてもらい、侍女や護衛に付き添ってもらい――と、どうしてもフィオナの外出にはたくさんの人が関わることになる。

フレデリックは駄目と言わないとわかっていたけれど、母の墓参りに行くためだけに準備をさせるのも申し訳なくて、商会に行くついで以外でここに来たことはなかった。

今日、成人の日を迎えた。その当日に、母に会えるなんて。

ふと、フレデリックが口を開く。

「フィオナのお母上は……フィオナを大事にしていたんだな」

「大切に育ててもらいました。もっと……長生きしてほしかった、です」

もし、母がまだ生きていたならば。

伯爵家に連れ戻されて以降、そう考えることがなかったと言えば嘘になる。

あの時病に倒れなかったら、母と娘の二人で、今でもつつましく幸せに暮らしていたはず。母が亡くなった時も、フィオナは自分から伯爵家に連絡しようとは思わなかった。

それが生家に連れ戻され、フレデリックとの婚姻を迫られて、今はこうして二人並んでここにいる。なんて不思議なのだろう。

——ねえ、お母様。私、今幸せなの。

心の中で母に告げる。

たぶん、今の二人の関係はフィオナが望んだ家族に一番近い。

終わりの見えている関係だけれど、一時でも手にできたのだから幸せだ。公爵家を離れたあとも、この思い出があれば生きていける。

「きっと、母も喜んでいると思います。フレデリック様が、こうして顔を見せてくださったから」

今度は、一人で来るから——その時には、この胸の中に抱えている気持ちを、母にだけは聞いてほしい。

そうしたら、きっともう少しだけ楽になれる。

次にフレデリックがフィオナを案内したのは、ランティス商会が経営している店だった。

商会が隣国から輸入してきたドレス用の生地を多数扱っている仕立屋で、ここで仕立てたドレスが最近流行し始めているところだ。

――私が知っているのは、ここがレナの経営している店だから、だけど。

ここ数年、レナは次々に新しい店をオープンさせていた。

フィオナが普段出入りしているのは、プラディウム王国に進出している店舗を統括しているプラディウム本店だが、運ばれる帳簿を見ていれば、それぞれの店の経営状況などすぐにわかる。

ここ数年開店した店の中では頭一つ抜けて好成績の店であり、レナもこの店をますます発展させようとしているというのは知っていた。

「近いうちにまた王宮に行くことになると思う。店の者に屋敷まで来てもらってもよかったんだが――こちらに来た方が、いろいろな品を見られるだろうから」

「わかりました」

贅沢はしないつもりだが、王宮に赴くための衣裳は必要な品であるから、ここは素直に受け取っておこう。

色だけではなく、どんな織りのものを選ぶかで、出来上がったドレスの表情はまるで変わってくる。

「いらっしゃいませ」

顔馴染みの店員が、二人を応接間へと案内してくれる。生地見本帳やデザイン帳を広げ、ドレスを決めるのだが、困惑してしまった。

――誰か、詳しい侍女についてきてもらえばよかったかもしれないわね。

日頃何を身に着けるべきなのかは、侍女達と相談して決めている。

いいものを見る目にはそれなりに自信があるし、流行を追うだけならばランティス商会から情報を入手すれば問題ないが、そこに公爵家なりの格式も追加されるとなるとフィオナの判断だけでは自信が持てない。

――どうしよう、この場で決めなくてもいいのかしら。

改めて仕立屋を屋敷に呼び、侍女達と相談してからの方がきちんとした判断ができそうだ。

「フレデリック様……私だけでは決めかねて……」

フレデリックに助けを求めようとした時、外から扉が叩かれた。

――誰かしら？

公爵家の人間がいるのにこの部屋に来るなんて、よほどの緊急事態があったのだろうか。

「かまわない、入ってもらってくれ」

フレデリックがそう言うと、店長が慌てて扉を開く。

入ってきた人物を見て、フィオナは思わず声を上げた。

「レナ！　こちらに戻っていたの？」

入ってきたレナは、すらりとした肢体を最新流行の一揃いに包んでいた。

紺色の上着に揃いのトラウザーズ。袖口からレースがのぞいているのが、いかにも洒落た雰囲気だ。

柔らかな亜麻色の髪は長く伸ばし、首の後ろで一本に束ねている。

隣国の実家に戻っていたから、ここ半年ほどは顔を合わせていなかった。フィオナにとっては一番親しい友人、親友と言っていい。

「公爵閣下、初めてお目にかかります。こちらの店にいらしていると聞いたので、慌てて駆けつけてまいりました」

レナは、胸に手を当て、丁寧に一礼した。

その仕草もまた洗練されていて、一瞬フィオナの目が吸い寄せられる。フィオナもあんな風に洗練された振る舞いができればいいのに。

「君は？」

「レナート・ランティスと申します、閣下。この国の支店を任されている者です」

フィオナは愛称で呼ぶが、レナは、仕事の時には「レナート」と名乗っている。ランティス商会のレナートと言えば、近頃は名前が知られつつある。

「ランティス商会の創業者と関係があるのか？」

「はい。私は、商会長の孫でございます」

レナがこの若さでプラドリア王国内の店舗を任されているのは、創業者の一族だからというわけではない。本人の能力を商会長が認めているからだ。

フレデリックに挨拶をすませると、レナは改めてフィオナの方に向き直った。

「結婚おめでとう、フィオナ――いや、公爵夫人と呼ぶべきかな」

「……私は私よ、変わらないわ。でも、公の場ではそうしてくださる？」

いくら大きな商会の関係者とはいえ、他の人のいるところでレナがフィオナを呼び捨てにするのはよろしくない。貴族相手に、敬意を払っていないように受け取られかねないからだ。

レナもそれはわかっているようで、フィオナの発言にうなずいた。

「フレデリック様、友人の手を借りてもよろしいでしょうか？」

レナが来てくれたのなら、百人力だ。フィオナがそう言うと、フレデリックは首をかしげた。

「彼の手を？」

「いえ、彼ではなく――」

「閣下がよろしければ、お手伝いさせていただいてもよろしいでしょうか？」

フィオナの言葉を途中で遮るように、レナは見本帳を引っ張り出してきた。

フレデリックに向かっては恭しい態度を崩さないが、フィオナに向ける微笑みはまるで違う柔らかなもの。

――接客する時のレナだわ。

レナは器用にいくつかの顔を使い分ける。フィオナと過ごす時は、友人というより家族に向ける表情に近い。

だが、今は完璧にランティス商会の者としてフィオナとフレデリックに対峙《たいじ》している。

「こちらの見本帳に入っている生地が、フィオナ――失礼いたしました――公爵夫人の肌色にはよく合うと思います。生地を決めていただけましたら、この場でデザインまで決めていただいてもよろしいですし、後日お屋敷までデザイン帳を持ってうかがうこともできます。最高のデザイナーをご用意いたしましょう」

この店でドレスを仕立てたことはなかったから、そんなことまでできるとは知らなかった。

二人の立場を考えれば、それが正解であるのもよくわかっているのだが、友人に名前ではなく「公爵夫人」と呼ばれてしまったことに少し寂しさを覚える。

「デザインも見たい。デザイン帳も見せてもらえるか」

「かしこまりました」

レナが店長に合図をし、一度部屋を出た店長がデザイン帳を持って戻ってくる。

フィオナの膝の上には、布がびっしりと張り付けられた見本帳が置かれた。

――私に似合う色。

フィオナの前にレナが膝をつく。白くしなやかな指が、見本帳をめくっていき、とあるページでとまった。

「こちらの色などいかがでしょう？　それから、こちらの色もお似合いかと」

「いいわね……綺麗な色だわ」

友人に膝をついて接客をされているなんて居心地が悪い。だが、ここではこういった姿勢でいるのが正解だ。居心地の悪さを押し殺して微笑む。

――自分のドレスを選ぶと思うから駄目なのよ。

他の女性に似合うものを探していると思えばいい。他人のものを見繕うのは得意だ。

「今年は緑が流行していると教えてもらったけれど、黄色はどうかしら？」

「今年流行している色からは外れますが――そうですね、黄色にするなら、こちらの色がお似合いになると存じます」

「そうね、その色は悪くないわね、きっと」

今公爵邸にある品はフレデリックが用意してくれたものだし、生家ではお下がりをまとっていた。

自分のためにドレスを一から仕立てるなんて、長い間していない。

最初のうちは戸惑っていたが、色とりどりの生地が張られた見本帳を見ているうちに、少しずつ気持ちが前向きになってくる。

「フレデリック様は何色がいいと思いますか？　あの、フレデリック様のお召し物と合わせる必要もあるでしょうし」

「……ああ」

デザイン帳を膝の上に置いたフレデリックは、それを開くことなくこちらをじっと見ていた。

「フィオナの好きな色を選ぶといい。ドレスの色に俺の刺繍を合わせよう」

「そういう方法もありますね……では、緑も見てみます」

王宮に赴くのならば、流行中の色を選ぶのがいいだろうか。それとも、好みを優先するか。

見本帳のページを繰り、緑色が中心に集められているページを探す。

「あ、ごめんなさい」

見本帳のページをめくろうとした時、レナと指先が触れ合った。よく手入れをされたレナの手は、爪が綺麗に磨かれている。

「いえ、こちらこそ」

ふふっと笑った表情は、昔よく見ていたものだ。

国に帰ってしまうと聞いた時には、すぐに戻ってくるとわかっていてもとても寂しかった。こうして久しぶりに顔を見られて本当によかった。

「では、十八番と二十一番、それと三十番をお願いできるかしら？」

「他にお持ちする見本はございますか？」

「二十二番も頼む」

フィオナの隣で見本帳を眺めていたフレデリックが、もう一色追加した。

かしこまりました、と一礼してレナは立ち上がった。生地を自分で取りに行ってくれるつもりのようだ。歩き去る後ろ姿も隙がなくて美しい。思わずじっと目で追った。

「ずいぶん親しそうだな」

「親しそう……？　そうですね、仲のいい友人です。母がランティス商会の仕事をしていた関係で知り合ったんです」

「……そうか」

「私が成人したら、商会で雇ってくれると言っていたのですけれど」

――幼い頃からのレナとの約束。その約束を励みになんとかやってきた。

「商会で？」

「公爵家を出たら、一人で暮らさないといけないですし。帳簿付け以外も任せたいと言ってくれて……そう言ってもらえるのは、ありがたいですよね。一人で生きていける仕事を見つけるのって難しいですし」

フィオナの言葉通り、この国では女性が一人で生活できる仕事を見つけるのは難しい。様々な店の仕事を引き受けてフィオナを養えた母は、帳簿をつけられるという特技を持っていたから生活できた珍しい例である。

フィオナも、ランティス商会で働けるという目途がたっていなかったら、父の言う相手に嫁ぐ未来しか思い描けなかった。

「やっぱり、出ていくための準備は早めに始めた方がいいでしょうか……新生活が、すぐに軌道に乗るとは限りませんもんね！」

ぐっと拳を握りしめる。約束通り離れるならば、フィオナの将来がきちんと確定している方がフレデリックとしても安心だろう。

それならば、先立つものも必要だ。独立するのに必要な資産はどれだけあってもいい。

「……ああ、そう、だな」

「私、頑張りますね！　もちろん、フレデリック様とのお約束に差し支えのない範囲で！」

やがてレナが、頼んだ生地を持って戻ってくる。

実物を肌に合わせてみると、どの色も美しく見えた。フィオナだけでは、決められない。

「二十二番の生地には、公爵家に伝わるダイヤモンドを合わせたい。数日中に、デザイナーを公爵家によこしてくれ」

「かしこまりました」

レナは恭しく一礼する。

「フレデリック様、四点全部は多い――」

フィオナは口を挟もうとしたけれど、フレデリックとレナの動きが綺麗に揃ってこちらに向けられた。

「必要だから注文するんだ」

フレデリックの言葉に、レナも首を縦に振っている。完全に同意しているらしい。

――そういうものなのね。

たしかに、高位貴族ならば社交上の付き合いというのもフィオナの想像より多いのだろう。他の人のことなら冷静に見られるのに、自分のこととなるとどうにも鈍くなってしまう。

店を出る二人を、レナは外まで見送ってくれた。

「フィオナ、これを」

別れ際、レナが差し出したのは、最近オープンさせたばかりの菓子屋の箱だった。いつ行っても、たくさんの人が並んでいて、入手の難しい品だ。

帳簿付けの仕事の時に店の人に頼むとか、屋敷の使用人に並んでもらえば入手できたかもしれないけれど、それは申し訳ないような気がして、今まで頼んだことはなかった。

「いいの？　嬉しい！」

ランティス商会の人に欲しいとは言えなかったけれど、レナがプレゼントしてくれるというのならありがたく受け取ろう。

「フレデリック様、帰ったら二人でいただきましょうね。最近、このお店すっごく評判なんですよ！」

「──ああ」

「本当に、ありがとう。機会がなかったから嬉しいわ」

もう一度レナにお礼を言うと、なんでもないというように手を振られた。

フレデリックとゆっくりお茶の時間を過ごすのも久しぶりだ。楽しみだと思った。

◇◇◇

フィオナの母の墓参りに行くのは初めてだった。
──もっと早く誘えばよかった。
と思ったのは、真剣な顔をして墓に祈りを捧げているフィオナを見た時だった。
彼女が墓参りに行くのは用事があって出かけた時だけだとわかっていたけれど、今まで
フレデリックから誘おうとしたことはなかった。
まずは、フィオナの母の墓前に挨拶をしてから、次の目的地へ。
半分仕事場みたいなものだからどうかと思ったが、ランティス商会の持っている仕立屋
へと連れていく。
王宮に行かねばならないのは事実だったし、新しいドレスを仕立てようとも思った。宝

石は断られるだろうけれど、ドレスならば受け取ってもらえると思った。

けれど、店に行ってフレデリックは驚いた。

フィオナの友人が、挨拶に来たのだ。レナート・ランティスと名乗った彼は、中性的な美貌と柔らかな物腰、整った容姿の持ち主ながらも、仕事では容赦ないタイプだという噂は聞いている。

やり手の商人についての情報ぐらい、公爵家の当主としては入手しておくべきだ。仕事上の付き合いができればそれでいい。

だが、彼を見た瞬間、フィオナはぱっと目を輝かせた。

「レナ！」

と、夫の前で他の男を愛称で呼ぶ。

以前から親交があったとは聞いていたが、まさかこれほど親しい仲だとは思ってもいなかった。

男性としては華奢《きゃしゃ》だが背は高い。やや装飾過多と思える仕立てのいい服は、彼の美貌をこの上もなく引き立てていた。

フィオナの前に膝をつき、レナート自ら接客する。彼が姿を見せてから、フィオナの機嫌が一気によくなったのがわかるから面白くない。

布の見本帳を広げ、フィオナの前に膝をついている彼の姿は、フレデリックの目には姫君に忠誠を誓う騎士のようにも見えた。

「フレデリック様は何色がいいと思いますか？　あの、フレデリック様のお召し物と合わせる必要もあるでしょうし」

黄色はどうだろうと話をしながら、不意にフィオナはフレデリックに声をかけてくる。

フィオナとレナートの様子に気をとられていたので、一瞬返事が遅れた。

「フィオナの好きな色を選ぶといい。ドレスの色に俺の刺繍を合わせよう」

「そういう方法もありますね……緑も見てみます」

見本帳をめくろうとしたフィオナの指と、レナートの指がかすめるように触れ合う。それは、ほんの一瞬のこと。

「――ご、ごめんなさい」

「いえ、こちらこそ」

ぱっとフィオナが顔を赤くする。それに対して、レナートは柔らかく微笑んだだけだった。

――面白くない。

フレデリックの前で、フィオナはそんな表情を見せたことはないのに。

帰りがけに渡されたのは、新しく開店したという店の焼き菓子だった。フィオナが甘いものを好むというのは最近知った。

——言ってくれれば、俺が用意したのに。

ふとそう思い、自分でもおかしくなってくる。フィオナに対して、そんな感情を抱くなんて許されるはずがないではないか。

帰宅後、フィオナの居間に招かれる。

二人で過ごす時には、たいてい図書室と化しているフレデリックの居間を使うから、フィオナの部屋に招かれるのは珍しかった。

家具は、代々使われているものをそのまま使っているようだが、フレデリックの居間と同じように、フィオナの手仕事による小物類が追加されている。

ほとんどこの部屋に入ることはなかったけれど、以前より温かな雰囲気になっている気がした。

向かい合って座り、侍女に茶を給仕してもらう。

「まあ、カードが入っているわ！」

帰り際、レナートから渡された箱を開いたフィオナがはしゃいだ声を上げる。箱の中に入っていたのは、クッキーやマドレーヌのような焼き菓子だ。

「……嬉しい」

ふと、カードを見ていたフィオナの口から漏れたのは、そんな言葉。

ちらりとカードに目をやれば、そこには「誕生日おめでとう」の文字。それには触れず、

「嬉しい？」

フィオナはカードを封筒に戻した。

面白くない。先に誕生日を祝う言葉をフィオナに告げられるなんて――だが、出遅れたのは、フレデリック自身のせいでもある。

フレデリックは小さく息をついた。家を出る前に告げておけばよかったのに。

「レナート・ランティスとの付き合いはどのぐらいなんだ？」

本当に言いたかったのは、こんなことではなかったのだが、口から違う問いが出た。

「知り合ったのは、私が十二の時ですね。商会長と一緒にレナがこちらに来た時に、商会長が引き合わせてくれたんです」

もしかしたら、とその言葉で思った。

商会長は、レナートとフィオナを結婚させるつもりだったのではないだろうか。年の頃も釣り合うし、知り合った当時フィオナは下町で暮らしていたはずだ。

元貴族と大規模商会を束ねている家の子供。組み合わせとしては悪くない。

「一緒に仕事をすると言っていたようだが……」

「いけませんでしたか？」

真正面から問い返されて、言葉に詰まる。

フィオナとは、いずれ別れることが決まっている関係だ。

言葉にはしなかったが、公爵家を離れる時には充分な援助をするつもりであったし、それで片付くと思っていたのだ――契約を決めた当初は。

だからこそ、仕事は続けたいというフィオナの願いを受け入れた。勝手な話だが、今になって少々後悔している。

「いや、悪くはないんだが――」

「……それなら、よかったです。レナとは、やりたいことがいろいろあるんです。こちらに戻ってきてくれて、本当によかった」

両手を顔の前で組み合わせ、嬉しそうに微笑む。

その表情を曇らせてはいけないと思うのと同時に、その顔をさせたのが自分ではなかったことを悔しく思った。

フィオナとレナートとの関係に、必要以上に口を挟むつもりはない。

「だが、君との距離が近すぎではないか？　もう少し公爵夫人としての――」

「レナは友人です！」

思っていた以上に鋭い声が、フィオナの口から出た。戸惑ったフレデリックは、視線を揺らす。

「大切な、友人なんです。恩人でもあって——」

フィオナの唇が震えている。しきりに瞬《まばた》きを繰り返しているのは、涙をこらえているからか。こんな顔をさせたかったわけではないのに。

「俺が言いたいのは、そういうことではなく」

「では、フレデリック様が言いたいのはどんなことなのでしょう？　本当は、ランティス商会と仕事をするのもいけませんでしたか？　貴族としては……歓迎されない行動ですものね」

女性が働くのをよしとしない貴族も多い。だが、フレデリックが言いたかったのは、そんなことではなかった。

——今のは、全面的に俺が悪い。

「すまない、フィオナ。あー……ランティス支部長とは、二人きりで会わないようにしてほしい。常に侍女を同席させて」

「なぜです？」

「……人の口に扉を立てることはできないからだ」

そう言ったら、まだ不満は残っていそうだったけれど、フィオナも納得したようにうなずいた。

「そうですね、商会の仕事に影響が出てもいけませんし」

フレデリックが言いたかったのは、そういうことではなかったのだが、フィオナがそれでレナートとの関わり方を考え直すのであれば、よしとしておこうか。

「今のは、俺が悪かった……その……すまない」

フィオナの頬に手を当てる。何か言いたそうにフィオナは口を開いたけれど、また閉じてしまった。

フィオナから、友人を奪うつもりはないのだ。ただ、もう少しだけ接し方を考えてくれればそれでいい。

「誕生日、おめでとう」

「……ご存じだったのですか?」

ようやく、言いたかった言葉を口にできた。

驚いた様子で、フィオナは目を丸くする。フレデリックの口から、その言葉が出てくるとは予想もしていなかったらしい。

その表情に、胸が動いた気がした。やはり、フレデリックの中でフィオナの存在はどんどん大きくなっている。

レナートへの嫉妬心を、フィオナの前で見せることはできないけれど。

「当たり前だ」

目を丸くしている表情も愛らしい。そっと口づけたら、フィオナも黙って受け入れてくれた。

【第五章　すれ違う二人の恋心】

——あいつ、フィオナとの距離が近すぎではないか？

仕事と言いつつ三日に一度は公爵家を訪れるレナートが、フレデリックには目障りでしかたない。

商会の仕事はどうしたと突っ込みたくなるほど頻繁にやってくるではないか。

男性が公爵夫人をしばしば訪ねるのは外聞が悪いと思いきや、常に女性の従業員を二人引き連れてくる。もちろん、彼女達も仕事には欠かせない人材なのだとか。

二人が応接間ですごす間、公爵家の使用人も同席させてみたが、「たしかに気心の知れている関係ではありそうだが、問題はなさそうだ」という返事が返ってくる始末。レナートは、フィオナとの距離をしっかり保っているらしい。

そこまでされると、フレデリックとしても文句のつけようもない。フィオナに見当違いの苦言を呈した自覚もある。

オズワルドはオズワルドで、今の状況を面白がっている。女性のことを気にしているフレデリックが、珍しいのだろう。

当の相手が、フレデリックをまったく意識していないとあればなおさらである。

今日も王宮から戻ってきたら、応接間の方から楽しそうな笑い声が聞こえてきた。フィオナがこんな風に声を上げて笑うのは珍しい。

——フィオナは俺の妻なのに。

応接間の扉をノックもなしに開きかけ、すんでのところで思いとどまる。

——何をしているんだ、俺は。

フィオナの交友関係にこれ以上口を出せるはず、ないではないか。

そもそも、ランティス商会との仕事を許可したのはフレデリックである。

レナートが直々に通ってくると想定していなかったのは、言い訳にもならない。

扉を叩く前に、大きく深呼吸した。中から返事が来るのを待つまでの間、呼吸を繰り返して気持ちを落ち着けようとする。

「支部長、来ていたのか」

名前でレナートを呼ぶのはなんとなく腹立たしく、役職名で呼びかけてしまう。

それに対して何か思っているような態度を見せないのもまた、フレデリックをいらだたせる。あまりよくない態度を取っている自覚はあるからなおさらである。

「はい、閣下。お邪魔しております」

にこにことしているレナートは、まったく悪びれた様子など見せなかった。

二人の間には大量に資料と思われる書類だの、見本と思われる品だのが並べられている
から、仕事のためにここに来ているのは間違いない。

「お帰りなさい、フレデリック様。レナ、今日のところはここまででいいかしら？　次は
いつにする？」

立ち上がってフレデリックを出迎えたフィオナは、パッと表情を明るくする。その表情
を見せるのが、フレデリックだけならよかったのに。

「では、次は三日後でいいかな？　その時に、帳簿もまとめて持ってくるよ」

「帳簿なら、私がお店に行くのに」

「こちらにうかがうついでだからね。私も、フィオナの顔が見たいし」

「私も、レナに会えたら嬉しい」

そう言って微笑むフィオナが、心からそう言っているのがわかるから、フレデリックの
もやもやはますます大きくなってくる。

——やっぱり、距離が近すぎる。

礼儀作法をぎりぎり守っている範囲内ではあるのだが、貴族の夫人と商人にしてはやはり距離が近い。フレデリック個人からすれば、近すぎる。

荷物をまとめて立ち上がったレナートは、フィオナの手をとって口づける。

それは、完璧にマナーを守ってのもの。フィオナも微笑んでそれを受け入れているけれど、やはりフレデリックとしては面白くない。

「支部長の見送りをしてきます」

レナートのあとを追おうとしたフィオナの腕をつい摑む。

フィオナは、驚いたように目を瞬かせた。

「何か？」

「……閣下。失礼いたします。急いで戻らなくては」

改めて丁寧に頭を下げたレナートは、フレデリックに向かっても愛想のよい態度を崩さない。

その微笑みの裏に何かあると思ってしまうのは、考えすぎだろうか。

帰っていくレナートと、彼を見送るフィオナの様子を見ていたら、やはり落ち着かない気分になる。

けれど、それをどう解消したものか――フレデリック自身にもわからなかった。

一晩たって、気持ちの整理をつけたはずだったのに、まだ、もやもやとした気持ちがどこかに残っていたらしい。

その様子に目ざとく気づいたオズワルドは、フレデリックを側によせて根掘り葉掘り話を引き出そうとしてきた。

何も話すつもりはなかったのだが、オズワルドのしつこさに負けた。

フィオナが教えてくれたのだが、今度新しい店舗をオープンする予定なのだそうだ。

扱うのは、女性用のドレスを中心に、それらに合わせた靴や手袋、帽子といった小物までの一揃い。ランティス商会の持つ宝石店とも連携していて、ドレスと宝飾品を揃いで作ることもできる。

なんでも、特殊な布の開発に成功し、その布を最初の目玉商品にするつもりなのだという。

それを聞けば、レナートが公爵邸を訪れる回数が急増しているのも納得だった。だが、それをフレデリックがどう思うかは別問題だ。

――話をした時のフィオナは、実にいい顔をしていた。

フィオナのその表情に魅せられたのは誰にも教えるつもりはない。

そして、オズワルドの反応は、フレデリックの予想通りだった。話の途中から肩が揺れ始め、終わった時には遠慮なく肩を揺すって大笑いしていた。

「……そんな面白いことになっていたのか」

「……面白いって」

予想通りとはいえ、笑われたフレデリックはしかめっ面になった。だいたい、誰のせいでこんなことになっていると思っているのだ。

面白がられているのは察していたが、ここまで堂々と笑われるとは。

──フィオナと出会えたことは幸運だったが。

だが、オズワルドにそれを教えるつもりはない。教えたら、もっと笑うのが目に見えている。

「いや、君が奥方のことでそんなにそわそわしているのを見ると面白いよ」

「──陛下」

フレデリックの声音に、オズワルドも表情を引き締めて、フレデリックに向き直る。

室内に従兄弟同士である二人しかいないのに、フレデリックがオズワルドのことを「陛下」と呼ぶ時は、「そろそろ怒るぞ」の意思表示であることをオズワルドもよく知っていた。なにせ、生まれた時からの付き合いである。

「――そう心配しなくてもいいんじゃないかな？　奥方もそのあたりのことはきちんとわきまえているだろう。ランティス商会のレナートだっけ？　調べさせたけど、なかなかのやり手じゃないか。彼は、君を敵に回すほど愚かではないはずだ」

そんなことを言われても、気になるものは気になるのだから、しかたないではないか。

自分の心が、こんなにも狭いなんて思ってもいなかった。

口角を下げたフレデリックの様子がおかしかったらしく、オズワルドはにやりとしたが、すぐに表情をあらためる。

「それより、今日ここに君を呼んだ理由を話さないとだったね。奥方の探し物って、これじゃないかな」

「……それは」

オズワルドが差し出したベルベットのケースに収められていたのは、古風な形のロケットだった。

白い手袋をはめた手で、オズワルドはケースからそれを取り出す。ロケットを開いて中をこちらに向けて見せてくれた。

――フィオナ？

中に描かれている女性の顔を見て一瞬そう思う。だが、よく見てみればフィオナと彼女の目の色は違う。

その彼女の隣に座っている小さな女の子。

二人の顔はそっくりで、姉妹のように見えた。おそらく、女性はフィオナの母。女の子は幼い頃のフィオナだろう。

反対側には、数十年前の装束に身を包んだ男性と女性の姿。フィオナの祖父母にあたる人達だろうか。

形見の品はロケットであり、中には祖父母の肖像画、母とフィオナの肖像画が収められていると聞いていた。

「これで間違いないと思う。助かった」

フィオナと結婚すると決めた時、オズワルドにひとつ、頼みごとをした。

マーセル伯爵家に調査に長《た》けた者を入れてほしい、と。

あの伯爵が約束を守る可能性は低いとフレデリックは見込んでいたし、フィオナの持ち物を取り上げる権利は彼にはない。

調査員には屋敷の中を調べ、ロケットを見つけて持ち出すようにと頼んでいた。フィオナにフィオナ自身の持ち物を返してやりたかった。

フィオナと契約をした時は、正当な対価のつもりだったが、今はそれだけではない。これを返したら、喜んだ顔を見せてくれるだろうか。その顔が見たい。

「大切な従兄の頼みだからね。しかし、マーセル伯爵は何を考えているんだ?」

オズワルドが嘆息する。ため息をつきたいのは、フレデリックも同じだった。

伯爵家への援助を引き出すために、フィオナから母親の形見を取り上げて、フレデリックに嫁がせる。

女性に対するフレデリックの対応も誉められたものではなかったかもしれないが、あまりにもやり方がひどい。

これを返してしまったら、フィオナはフレデリックのもとを離れていくかもしれない。

フィオナのことだから、フレデリックとの約束を果たすまでは公爵家にとどまってくれるだろうが、条件が整ったらフレデリックのもとから軽やかに羽ばたいていく。

——いつ離れてもいいようにしているのだろうな。

わかっている。フレデリックに、フィオナを引き留める権利はない。

「今日、帰ったらすぐに渡す」

「そうするといい。マーセル伯爵が妙な動きをしないように、引き続き見張らせておくから」

「頼む」

用事はすんだと立ち去ろうとしたら、待て、とオズワルドは手で合図をしてくる。

「来たついでだ。いくつか仕事を片づけてくれないか」

「それは、俺でなければ駄目か？」

「君だから頼みたいんだよね」

持ち帰れるものなら持ち帰ろうと思ったが、オズワルドが渡してきたのは王宮外への持ち出し禁止の書類である。

やられたとは思ったが、頼みをひとつ聞いてもらえたのだ。こちらもお返しはすべきだ。オズワルドの執務室内に用意されているフレデリック専用のデスクに向かう。こうなったら、できる限り早く仕事を片づけて帰るとしよう。

◇　◇　◇

フレデリックの許可を得た上で、レナはしばしば屋敷を訪れる。女性従業員を二人連れて。

今日は、フィオナのためにたくさんのお菓子を持ってきてくれた。

「これ、新作。よかったら、食べてみて」

「嬉しいわ！　最近、甘いものを食べすぎて少し太ってしまった気はするけれど」

「フィオナはもう少し太ってもいいぐらい。閣下は、よくしてくださるみたいだね」

その問いにはこくんとうなずいたが、顔が真っ赤になっているのを自覚した。それを見たレナがにやにやするから、いたたまれない気持ちがますます押し寄せてくる。

「フィオナが幸せそうでよかった」

「私ばかり幸せな気がするわ。どうしたら、恩を返せるのかもわからなくて」

フィオナは視線を落とした。

普通ではない状態で決まった結婚とは思えないほど、フレデリックはフィオナによくしてくれる。結婚が決まった裏には、国王の命令だけではなく父のごり押しもあったというのに、それはまったく気にしていないみたいだ。

「お母様のロケットは取り上げられたまま？」

「――ええ。どうにか返してもらえないかしらとは思っている……けど」

フィオナは腹に手を当てる。そこはまだ真っ平だ。身ごもってすらいないのに、父にロケットを返せとは言えない。

「それなら、買いとってはどうかな」

「買いとる？」

レナの思いがけない提案に、フィオナは目を丸くした。そんなこと、考えてすらいなかった。

「フィオナのためだからね、私も調べてみたんだ。伯爵家の財政は、以前よりも苦しくなっている。すぐには無理でも、いずれ金銭と引き換えに渡してもらえるようになるんじゃないかな」

あまりにも思いがけない提案だった。自分の持ち物を買いとると思うと不思議な気もするが、背に腹は代えられない。

「……そうするのもいいかもしれないわね」

フレデリックと夜会などに出るようになってから、ミリセントの噂を聞くことも増えた。縁談を探して、あちこちの夜会に出かけているらしい。

夜会に出かけるとなれば、同じドレスを何度も着回すわけにはいかない。新しいドレスを仕立てるのには金銭が必要だ。それだけでは飽き足らず、ドレスに合わせて新しい装飾品も山のように揃えているようだ。

――お義母様の宝石を借りるという手もあるでしょうに。

今、フィオナが先代公爵夫人の宝飾品を借りているように、継母の宝飾品を借りてもいい。上質なものならば、母の持ち物を借りても恥ずかしいことではない。

だがミリセントはそうせず、自分用に新たな品を揃えることを選んだ。

父も、ミリセントならば大切にしてくれる相手に出会えると思っているのだろう。もちろん、ミリセントの生活を守れる資産を持っていることは大前提で。

そういった相手の前で見劣りすることがないよう、ミリセントには惜しむことなく様々な品を買い与えているようだ。

——私には、見せてくださらなかった顔ね。

フィオナが視線を落としたのにレナは気づいたらしく、そっとテーブル越しに手を伸ばしてフィオナの手を叩く。

「だから、金銭と引き換えに返してもらうという手も取れるんじゃないかと思って」

「……そんな方法もあるのね。私には無理そうだけれど」

公爵家の資産からフィオナに与えられる金銭については、銅貨一枚のずれもないように帳簿をつけていて、フィオナの私的財産として流用はしていない。

今のフィオナが自由にできる金銭は、帳簿付けの仕事をこっそりと手伝い、少しずつ貯めてきたものばかり。たいした額ではない。

離婚後当座の生活費にはなるかもしれないが、父にあのロケットを返してもらうには足りないような気がした。

「ほら、私達が作ったミスティックブルー。思っていた通り、女性の食いつきはいいよ。今度開店する店舗の目玉商品になりそうだ」

母と暮らしていた頃、ランティス商会の店舗で、はるか東の大陸から渡ってきた美しい布を見たことがあった。

見たこともない不思議な色合いの青。

東の大陸の中でも、ごく限られた地域でしか作られていないことから、滅多にこちらの国には入ってこないとその時聞かされた。

その時はそれで終わったのだけれど、数年前、レナから新しい商品を開発したいと聞いた時、その布のことを思い出したのだ。

フィオナの話を聞いたレナは東の大陸に人をやり、その布の生産地を探し出した。

東の大陸でのみ生息する花から取れる素材を原料とした染料で染めた布。光を反射し、濃淡様々な青を見せてくれる。

レナは、その染料と技法をランティス商会の持つ工房へと持ち込み、さらに美しくなるように工夫を凝らした。

完成したその布に、レナがつけた名がミスティックブルー。

ミスティックブルーは、染料に浸す回数によって、染め上がりの色が変わってくる。

染めた回数の違う糸を組み合わせ、複雑な模様を織り上げる工法を完成させたのは、工房の職人達だ。

「ミスティックブルーを作れたのは、フィオナのおかげだしね」

とレナは言うが、それはたまたま。

今のフィオナにいい品を見抜く目が備わっているのだとしたら、レナの祖父である商会長のおかげである。

息子や孫達と離れてこちらの国に来ていた間、彼は孫代わりにフィオナを連れ回した。

アンティークの装飾品を好んで集めていた彼は、母の仕事が終わるのを待っているフィオナに、解説付きで集めた品々を見せてくれた。その他、商会に集まる品々も見せて、フィオナの目を育ててくれた。

話を終えてレナを見送ろうと廊下に出たら、ちょうどフレデリックが姿を見せた。

「支部長、仕事は順調か？」

「はい、閣下。近いうちに新店舗も開店しますし」

レナに向けるフレデリックの顔がどこか不機嫌なのは、気のせいだろうか。それから彼は、フィオナの方に向き直る。

「フィオナ、終わったら執務室の方に来てくれ」

「……わかりました。支部長を見送ってきますね」

うなずいたフレデリックは、執務室の方へと歩いていく。その後ろ姿を見送ったフィオナは首をかしげた。

「どうした？」

「いえ、フレデリック様、レナが来ている時に限って応接間にいらっしゃる気がするの」

「私が出入りするのが、閣下は心配なんじゃないかな」

「どうして？　あなたは、私の友人でしょう？」

そう口にしたら、レナは軽く肩をすくめた。

「友人だって、心配になる時はある。そういうことだと思うよ」

「……そう？」

心配する必要なんて、ないだろうに。

レナを見送って、執務室へと向かう。デスクに向かって書類を書いていたフレデリックは、いつもと様子が違うように思えた。

「フレデリック様、ご用はなんでしょう……？」

こわごわと近づいたら、デスクに肘をついたフレデリックは組み合わせた両手越しにこちらを見上げてきた。

「ランティス支部長は、こちらに来る頻度が多すぎではないか？」

「そう……でしょうか？　でも、しばらくこちらに来ることはないと思います」

なぜ、というようにフレデリックが眉を上げた。彼の顔に浮かんでいるのは、フィオナの発言をいぶかしんでいる表情である。

「打ち合わせが続いたのは事実です。でも、一番忙しいところは終わりましたし……あとは、新店舗に何回か行けばいいと思います」

「そうか、それなら……いいんだが」

デスクから立ち上がったフレデリックはそう言ったけれど、よくないと顔に書いてある気がする。

——いつからかしら。

フレデリックと過ごした時間はそう長くないはずなのに、彼の考えていることがある程度読み取れるようになってきた。

今、彼の機嫌はあまりよろしくない——なぜそうなのか、フィオナには見当もつかないけれど。

「レナ……支部長とは友人です。それに、母のロケットを……取り戻すのを手伝ってくれるって」

「それは、俺が約束したはずだが？」

言い返されて、言葉を失う。

フレデリックとの約束は、「フィオナが子供を産んだら、ロケットを取り戻す手伝いをしてくれる」というもの。

「俺は、そんなに頼りないか？　フィオナとの約束を守れないような人間だと？」

「いいえ、そんなつもりは……」

フレデリックを信頼していないわけではない。ただ、フィオナがいたたまれないと思ってしまっただけ。

この屋敷に来てからのびのびと生活できているのは、フレデリックや周囲の人達のおかげ。ここが居心地よければいいほど、フレデリックに迷惑をかけたくないと思ってしまうだけ。

「……フィオナ」

こちらを見るフレデリックの目が柔らかくなる。フィオナが息をつめたら、彼はそっとロケットを箱から取り出した。

フレデリックの手の先で、ロケットが揺れる。目が離せない。

——間違いないわ。

細い鎖、繊細な彫刻。間違いなく母の形見だ。胸がじわじわと熱くなって、身体全体に広がっていく。

「君に、これを返そう」

「……ありがとうございます、フレデリック様……でも、どうして……？」

胸が一杯で、それ以上の言葉が出てこない。

「早いうちに取り戻した方がいいと思ったんだ。伯爵が大切に保管しておくとも思えなかったしな」

フレデリックはロケットの留め金を外した。

デスクを回ってフィオナの方に近づき、首にその鎖をかけてくれる。

首筋をかすめる彼の指先。そこから広がる柔らかな感覚。

目を閉じたら、ますますフレデリックを身近に感じてしまう。かすかにざわめくフィオナの胸。きっと、鼓動が速まっているのはフィオナだけだろう。

かちりと小さな音がして、首筋に懐かしい重みがかかる。あるかなしかのわずかな重み。

だが、その重みに安堵した。

「私、なんてお礼を言ったらいいのか……フレデリック様には、よくしていただくばかりで」

フィオナは胸に手を当てて目を潤ませた。

この屋敷に来てからも、フィオナはたいしたことをしているわけではない。どこまで彼の助けになれているのか。

「そんなことはない。俺は、フィオナが来てくれてよかったと思っているんだ」

「でも、私……まだ、お約束は果たせていないのに」

フレデリックの手が首に触れ、そしてそこからフィオナの胸元へと下りてくる。

彼の指先から、さざ波のような感覚が広がってくる。フィオナは、はっと息を吐き出した。

「それなら、今から努力しようか」

にやりと口角を上げたフレデリックに、反応が遅れた。フィオナがはっとしている間に、背中に並んだボタンが一つ一つ外されていく。

「……フレデリック様?」

肌に触れる鎖に沿うようにして、指が移動してくる。身体の奥がぞくぞくとしているのに、声を出すことができない。

「あ、あのっ」

彼が何をしようとしているのか、ここでようやく気が付いた。優しく身体を押され、デスクに腰を預けられる。

身にまとっていたドレスが、レースのついたシュミーズごと肩から引き下ろされて、胸元が露わになった。

胸の谷間に下がるのは、フレデリックが取り戻してくれた母の形見。そのすぐ側の肌に口づけられて、フィオナは背筋を反らした。

「や……！」

思わず出た拒絶の言葉。

それはフィオナの意志とは関係なく発せられたものだった。それをわかっているかのように、フレデリックは動きを止めようとしない。

熱い唇が肌をなぞり、鎖骨まできて、今度はそこに吸い付いた。

わずかに走るちりっとした痛み。続いて舌の先でちろりとその場所を舐められる。

「んぅ……ぁ……っ」

鼻にかかった声が漏れた。彼の唇や舌が触れる度に、ぞくぞくとしたものがこみ上げてくる。

身体の内側から湧き上がる熱が、喘ぎとなって溢れ出す。それが自分のものとは思えないほど甘ったるくて、それに気づけば、腰の奥がじんと痺れた。

「フィオナ」

耳元で囁かれる名前に、さらに心臓が激しくなる。まだ昼間だというのに、こんなに明るいうちから、こんなところで、何をしようとしているのだろう。

「駄目……です……」

「どうして?」

「だって、まだ……昼間なのに……」

フィオナの言葉を受けて、フレデリックの動きがぴたりと止まる。思いとどまってくれたのかとほっとしたのも束の間のこと。

今度は首筋に唇を押しつけられて、フィオナは身体をびくりと震わせた。その動きを利用するようにそっと身体を倒されて、デスクに背中を預ける形になる。

「あっ……ん……」

押し返そうと彼の胸に当てた手を捕らえられて、頭の上で交差させられた。

フレデリックの大きな手は、片手で容易くフィオナの両手首をまとめてしまう。抵抗しても、彼の手はびくともしなかった。

「やっ……」

柔らかな肌に強く吸いつかれて、フィオナは息を漏らした。

身じろぎすれば、豊かな膨らみが揺れる。その頂を口に含まれて、フィオナは耐えきれずに腰を跳ね上げた。

早くも昂った身体は、わずかな刺激をも快感として受け入れてしまう。

「あ……駄目……っ」

それでも、残った理性をかき集めて抗議をしたけれど、そんなのなんの抵抗にもならなかった。

濡れた舌が胸の頂を絡めとって、執拗《しつよう》に舐め、転がし、フィオナの抵抗を封じていく。

触れ合ったところから生まれる熱は全身に広がり、思考すら呑み込もうとしてしまう。

「駄目……駄目、です……ん、あっ！」

「なぜ？」

「あ、だって……ここ……仕事……の、場所……あぁんんっ」

身を捩るフィオナの動きに合わせるように、フレデリックの指が胸から臍《へそ》まで滑り落ちていく。

指先でかすめられるだけで身体の奥が疼き、たまらずに腰をうねらせる。

こんなところで、とか。まだ明るいのに、とか。心の奥からは拒もうとする声も聞こえてくるのに、与えられる刺激に思考がぐずぐずに溶けていく。

「ここには俺達しかいない」

「だって、こんな……昼間なのに……あ……駄目っ……」

もう片方の胸は手で刺激を与えられて、身体の奥から湧き出した快感に思考を支配されそうになる。腰がうねるのに合わせるみたいに、閉じている膝が緩んでしまう。

「あっ……は、っぁ……」

「フィオナ……」

彼が名前を呼ぶ。それだけで、身体の奥が熱くなってくる。

フィオナは身体を小さく震わせた。内腿が震え始めて、下腹部が切なくて。

思わず腰を引こうとして、逆に抱え込まれてしまった。スカートが捲り上げられたかと思えば、彼の手が太腿に触れる。

「やっ……駄目、駄目ですっ……」

緩みかけた膝を擦り合わせようとするが、フレデリックの方が早かった。内腿をすっと撫で上げたかと思えば、迷うことなく身体の中心をなぞり上げる。

「あっ、や、あ、あぁぁっ！」

ほんの少し触れられただけなのに、蜜壺から熱く濡れたものがとろりと零れ落ちた。満たされない蜜壺が、貫いてくれるものを求めて収斂《しゅうれん》する。

「何が駄目なんだ？」

フレデリックが、耳元で囁いてくる。それと同時に腿を撫で上げられて、フィオナは甘い吐息を漏らした。

「んぅ……っ」

もう一度なぞられれば、先ほどよりも大きな快感が走って身体が反り返る。

駄目と首を振りながらも、もっとして欲しいと願ってしまう。

少しの刺激でこんなにも感じ入ってしまうのだから、この先のことをされたらどうなってしまうのだろう。

フィオナはいやいやと首を振った。

このままではおかしくなってしまいそうだ。

一度触れられればもっと欲しくなってしまうし、自分からも触れたいと願ってしまう。

この熱を鎮める方法は一つしかない。それはフレデリックもよく知っているはずなのに、彼はそれ以上触れてこようとはしなかった。

「……フレデリック様？」

次に何が来るのだろうと待っているのに耐えられなくなって、フィオナから彼の名を呼ぶ。

背中をデスクに預け、潤んだ目で見上げれば、彼は口角を上げた。その表情を見ただけでわかってしまう。フィオナから行動を起こすのを待っているのだ。

自分からねだるのははしたないように思えて躊躇《ちゅうちょ》していると、フレデリックは再び手を動かし始めた。

やわやわと腿に触れながら、もう一方の手を胸へと伸ばしてくる。

束ねられていた手が自由を取り戻したけれど、もう逃げようとは思わなかった。

少しでも感じるところに彼の手を導こうとしているみたいに、フィオナは身体をくねらせた。

もう触って欲しいと言っているようなものだったけれど、それでも素直に口にできるほど理性を失ってもいなかった。

それがわかっているであろうフレデリックは、フィオナの思考をぐずぐずに蕩《とろ》けさせようとしてきた。

じんじんと痺れている頂に口づけ、舌で転がしながら歯の裏で軽く扱《しご》いてくる。その刺激に、じくじくと腰の奥に疼きがたまり、胸を突き出すようにして喘いでしまう。

もう片方の頂は、指の先で摘まれ、捏ねられ、押し込められて、休むことなく快感を送り込んでくる。

それだけでも耐えられそうにないのに、下半身に触れている手も動きを止めようとはしなかった。

腿の内側をくすぐるようにしながら、思わせぶりに脚の付け根をなぞり、時々きわどいところをかすめてくる。

「やっ……あ、あ、あぁぁっ！」

フィオナは身体を大きく反らした。

両胸からもたらされる快感が、下腹部に溜《た》まる熱をさらに煽る。触れそうなのに触れてこない指の動きがそれに拍車をかけてくる。

「フレデリック様……」

物足りないなんて考えてはいけないとわかっているけれど、身体が彼を求めているのだからもうどうしようもなかった。

スカートが捲り上げられる。その動きに、期待を煽られる。

「んっ」

机に背を預けたまま、大きく脚を開かされて、羞恥で顔が赤くなるのがわかった。もうとっくに下着まで湿っていて、秘所を覆う意味を成していない。

「や……見ないで……」

彼の視線を痛いほどに感じる。下腹部が再び疼き、新たな蜜を滴らせた。

彼は触れていない。見ているだけ。

それなのに蜜を溢れさせてしまうなんてどうかしている。わかっていても、自分の意志ではどうにもならなかった。

「あっ……っ」

下着越しに蜜口に触れられて、たまらずに腰を浮かせる。その反応を待っていたみたいに、中にぎゅっと押し込まれた。

「んぅ……っ」

薄布の上から濡れた花弁をくすぐられ、フィオナのつま先がぴんと伸びる。布越しなのがもどかしくて、自分から腰を動かしてしまう。

腰を揺らめかせて懸命に快感を追おうとする。その動きを封じるみたいに下着の上から花芽をかすめるようにされて、思いがけない刺激に手足が跳ねた。

「ひぅっ……！」

フレデリックも、もう止めてくれるつもりはないようだった。すっかり敏感になっている淫芽を執拗にひっかき、時にぐりっと強く押し込んでくる。

「あ、あぁっ、駄目……っ」

下着越しなのにどんどん蜜が溢れてくるのがわかる。

もう限界が近いとわかっているだろうに、指の動きは激しさを増すばかり。

駄目だ、我慢できそうにない。フィオナに許されるのは、熱の階段を駆け上がっていくことだけ。

「お……お願い、フレデリック様……！」

自分からねだるなんてはしたない。わかっていても止まらなかった。

懇願すればすぐに下着を下ろされて、直接花芽に触れられる。それだけでもう限界だった。

「あぁぁっ！」

大きく身体が跳ねて、花芯から熱いものが噴き出す。つま先から頭まで一気に快感が走って、脳裏が白一色に染められた。

待ち望んだ解放は、あっけないほどに押し寄せて、きつく閉じた瞼《まぶた》の裏が白一色に支配される。

「んぅ……」

余韻にせわしない呼吸を繰り返す。ここが執務室だとか、今身体を預けているのはフレデリックの執務机だとか。

そんなことをぼんやりと考えながら、快感の余韻にひたっていたら、衣擦《きぬず》れの音が聞こえてきた。思考に霞《かすみ》がかかったままフレデリックの方を見やれば、彼は上着を脱いでいるところだ。

こちらに向けられる熱のこもった視線は、まだ終わりではないことを告げている。

その表情に気づいてしまったら、身体の奥に新たな熱がこもるのを自覚した。

彼の指が秘所に触れれば、ぬちゃりといやらしい音がして顔が熱くなる。

「フレデリック様……」

もう充分ぬかるんでいるというのに、それでもまだ足りないというかのように奥へと入ってくる指。

ひくひくとしている中の動きを確かめているみたいに、指は余すところなく蜜壁をさすってくる。

「んー、んんんっ！」

ゆっくりと抜き差しされる度、出てしまいそうな声を必死に押し殺す。すると今度は、蜜壺の天井を撫でるように指が中で折り曲げられ、弱いところを刺激してくる。たまらずに腰が浮いた。

その瞬間を狙ってか、親指でぐりっと花芽を押しつぶされる。その動きに呼応するみたいに、蕩けきった淫壁がぎゅっと締め上がった。

そのまま何度も執拗に責め立てられると、また身体の奥から何かがせり上がってくるような気がした。

「や、だ、あ、あぁぁっ！」

あともう少し。もう少しで果てを見ることができる。なのに、あと少しのところで指がすっと引き抜かれた。

物足りなさを感じて彼を見ると、意地悪そうな笑みを浮かべて見つめ返してくる。

「どうして欲しいんだ？」

わかっているくせに、あえて言葉にして問いかけてくる。先ほどもそうだった。今日の彼は、意地が悪い気分らしい。

でも駄目だ。恥ずかしくて言えない。言えるわけがない。

口ごもっているうちに、再び指が中に入ってきた。そして先ほどと同じように、ゆっくり抜き差しを始める。

全然足りない。もっと奥まで、もっと速く。その思いばかりが膨れ上がってくる。

「……もっと」

「もっと?」

問いかけながら、フレデリックは、片手で器用にトラウザーズを寛げていく。

「もっと、お、奥、まで……フレデリック様が欲しい……!」

言い終わる前に、熱いものがあてがわれる感覚があった。そして次の瞬間には、息苦しさを覚えるほど一気にぐっと押し入られる感覚に見舞われる。

「フレデリック様……ん、あ、あぁっ!」

フレデリックは、最初から容赦しなかった。最奥まで一気に律動が送り込まれ、その度に声が上がる。

「やっ、あっ、あぁっ!」

律動に合わせて声が漏れる。最奥を突き上げられる度に生まれる快感は徐々に大きくなっていき、フィオナを快楽の果てまで追い詰めようとする。

たまらないほどの愉悦が何度も腰を突き上げ、その度にフィオナの背筋は限界までしなる。押し倒されているデスクが律動に合わせて揺れ、がたがたと音を立てた。

「フレデリック、さ、ま、あ、あぁっ」

全身の毛穴がぶわっと開いたような気がした。熱いもので蜜洞はあますところなく満たされて、快楽にひくつく媚壁は、自分を満たしてくれるものを強く締め上げる。

「フィオナ……俺も……も、う――!」

上半身を折り曲げ、フィオナの耳元で囁くフレデリックの声も、どこか苦しそうだ。内側をあますところなく蹂躙する律動は、フィオナの視界が揺れるほどに強烈だ。

「あ、あ……」

ぐっと意識が押し上げられたと思ったら、同時に内壁が強く収縮して中にいる彼自身を締め上げる。

その締め付けに反発するみたいに最奥をぐりぐりと抉られ、激しく突き上げられて、脳裏まで快楽一色に染め上げられた。

ひときわ大きく脈打った肉棒が、奥に精をたたきつける。最後の一滴まで注ぎこもうとしているように、フレデリックは強くフィオナを抱きしめた。

静かになった部屋に響くのは、まだ整わない呼吸だけ。

「あ、あぁ……んっ」

ずるりと引き抜かれる感覚にも、収まりきらない余韻が刺激される。

今まで埋められていたものがなくなったそこが寂しさを訴えかけるのも本当のことだったけれど、気持ちの方は満たされていた。

まだ身体は重いけれど、いつまでもこうしているわけにもいかない。のろのろと身を起こして、身なりを整えようと試みる。

「――すまない、ここまでするつもりは」

指が思うように動かなくて、なかなか身支度できずにいたら、フレデリックが手を貸してくれた。

そうしながら彼は、申し訳なさそうに口にする。

「……いえ」

フィオナはそっと視線を落とした。

たしかに少し驚いてしまったけれど、嫌ではなかった。むしろ、求められて嬉しいとさえ思ってしまった。

――どうしよう。

彼との関係は、あくまでも契約上のものだったはずなのに。

こんなにもフィオナの気持ちは膨れ上がってしまっている。どうしたら、この気持ちを止められるのだろう。

【第六章　変わり始める生活】

フィオナがいつも帳簿付けの仕事をしているプラディウム本店は、貴族の女性も訪れるような店だ。

けれど、今日は先日開店したばかりの新店舗の方を訪れることになっていた。そちらの店舗で、正式にミスティックブルーを売り出すことになったのだ。

今までは、身分の高い人々だけにこっそりと売っていたのが、今後は誰でも買えるようになる。

その視察と合わせて、店の奥で帳簿を確認するつもりだった。

貴族の買い物は見本を持った商人が屋敷を訪問するのが普通だが、店舗の方が多く商品を置いてあるため、自ら足を運ぶことを選ぶ者もいる。

そんな貴族達のために、大きな店では、貴族やその使いの者を接客するための応接室を設けているのだが、今日は貴族の屋敷で働いていると思われる服装の人達が、店の前にずらりと並んでいた。

「これは、どういうことなの？」

馬車の窓から御者に問いかけてみるが、御者が答えを持っているはずもなかった。

ランティス商会の商品が人気なのは知っているが、こんなにもたくさんの人が集まっているのは見たことがない。

店に入れず困っていたら、奥から従業員が顔をのぞかせた。

「フィオナ様、こういう状況ですので、プラディウム本店の方にご案内させていただきます」

「ええ、それはかまわないけれど……何があったの？」

こんなにたくさんの人が一度に詰めかけているということは、何か問題でもあったのかもしれない。

「いえ、ミスティックブルーが人気になりすぎまして」

「そんなに？」

「ええ、入荷次第購入できるように予約して引換券をお渡ししているのですが、次回の入荷分ももう売り切れてしまいまして。諦めきれない人が集まっているようです」

フィオナが案を出し、レナが資金を出して染めた布。神秘的な青が美しいと評判になっているのは知っていた。

それらを身に着けることが今は大流行中で、生産が追いつかない状態なのだという。

「染めるのにも時間がかかりますし……」

「そうね。染料を運んでくるのも大変でしょう」

海の向こうで染められた布を輸入したとしても、ランティス商会が染めたものとは明らかに違う。あの青を作るために、職人達がどれだけ試行錯誤したことか。

「使用人だけじゃなくて、ご令嬢まで並んでいるのね」

よく見たら、並んでいるのは使用人だけではなく、貴族の令嬢も交ざっていた。普通なら考えられない状況だ。

「ええ。貴族である自分が来たのだから、引換券を出せないはずはないだろう、いや、店の奥にある商品を出せとおっしゃる方もおりまして」

「……そうみたいね」

並んでいる中に、見覚えのある男性がいた。生家の使用人だ。

おそらく、ミリセントに並ぶよう命じられたのだろう。あえて声をかけることはしなかった。

もしかしたら、継母も異母妹も布を欲しがるかもしれないけれど、フィオナが彼女達のために便宜をはかる理由はない。

たしかに今日はこの店で仕事は無理だ。いつものようにプラディウム本店へと向かう。

そこでは、レナが待っていた。

「今月分の支払いもしないといけないし、こちらに来てくれてよかった」

「今月分って……もう？」

「もちろん。先月の末までにいくら入ったのか、知りたくない？」

いたずらっぽく瞳を輝かせ出迎えてくれたレナは、フィオナをこの店の事務室に案内する。

いつもと同じように、そこにはたくさんの事務員達がいて、忙しそうに仕事をしていた。

その事務室を通り抜け、奥にある小部屋に入る。フィオナとレナの会話には機密にあたるものも多いため、二人の時はここを使うことが多い。

会話を続けながら、流れるように机を挟んで腰を下ろす。

「……そうね、知りたいけれど」

自分がどれだけ貢献できたかは知りたいが、結果を知るのは怖い気もする。だが、その恐怖はすぐに消えた。

「はい、これがフィオナの分」

「……え？」

目の前の机に置かれたのは、ずっしりとした革袋。

下町で暮らしていた頃の母とフィオナならば、数年遊んで暮らせるほどの額が入っていそうだ。

立ち上げたばかりの商売だから、そんなに大した金額ではないだろうと思っていたが、どうやら間違いだったようだ。

「それにしても、多すぎではない？」

フィオナは、ランティス商会に集められる商品の中から、売れるのではないかと思うものをレナに提案しているだけだ。

売り出し方法については、レナやランティス商会の面々の方がずっと詳しい。

貴族に売り出すのならば協力するとは言ったし、できる範囲で協力もしてきたが、いくらなんでもこれは多すぎではないだろうか。

「フィオナがいなければ、ミスティックブルーの開発は成功しなかっただろうからね」

「でも、私の取り分としては多すぎる気がするわ」

「そんなことはないよ。フィオナの正当な取り分だ。事前に決めた額通りの配分だよ」

本当に？　と、心の中で思ってしまうのは、少し過敏になりすぎているからだろうか。

フレデリックにもレナにも助けられてばかり。

「フィオナのおかげで、順調に売り上げは伸びているんだし、気にしないで受け取って」

「やっぱり多すぎる気もするけれど……ええ、ありがとう」

受け取った革袋は、やはりずっしりと重かった。

――そうね、これだけの額があれば。

フレデリックのもとを離れても、生活するのに困ることはない。

ランティス商会の仕事も、このところうまく行っているようだ。レナもニコニコとしている。

「次は、何が来ると思う？」

「……そうね。私の勘がいつまで続くかはわからないけれど」

帳簿付けの前に見てほしいものがあるとフィオナの前に並べられたのは、レナがこの国に持ち込もうとしている新たな商品だ。

並べられている靴の中から一足を取り上げる。艶々としたボタンが可愛らしいブーツだ。

「このブーツは素敵。ボタンがいいわ。もしかしたら、踵をもう少し細くした方がいいかも」

「フィオナ、これは散歩用のブーツだよ？　踵を細くしたら歩きにくいじゃないか」

「それは、わかっているわ。あなたの国では、王都のすぐ近くに森があるから、このブーツでお散歩をするでしょう。私達は、きちんと整えられた公園で散歩をするの。道も整備されているし、あなた達よりお散歩にかける時間は少ないわ」

レナの母国であるアーセラム王国ならば、可愛らしさと丈夫さを兼用しているこのブーツがいい。だが、この国の女性にはやや無骨に受け取られそうだ。

「もちろん、このままでもいいと思う……それならピクニック用ブーツとして売り出した方がいいかもしれないわね。その時には、たくさん歩くことを前提とするでしょうから」

「……なるほど。生活様式の違い、というわけか」

「ええ。あなた達は屋外で過ごすことを好む人が多いけれど、私達はそうではないの。もう少し可愛らしさを表に出してもいいと思うわ」

ふむ、とうなずいたレナは、ノートに何事か書きつける。

「フィオナは、踵が細い方がいいと思う？」

「散歩用として売り出すならね」

「それなら、こちらのブーツは、もう少し売り出し方を考えてみるよ。職人とも相談してみる」

こうしてフィオナの意見を取り入れてはくれるが、フィオナの意見ばかり気にしているわけではない。きちんとレナはレナなりの考えを持って仕事に取り組んでいる。

「このバッグはどうかな？」

「うーん……どうかしら……女性には受けないデザインの気がするわ。でも、刺繍は素敵。見たことのない図案ね」

次に出されたバッグは、この国で流行らせるのは難しそうだ。

だが、施されている刺繍の図案は見たことがなくて目新しい。

三色の糸を巧みに組み合わせた刺繍は、複雑な模様を描き出していた。珍しくて華やかな刺繍だ。

「古い文献に書かれていた図案を、従業員が見つけてね。今風にデザインし直したんだ」

「帽子とか、パラソルとか……小物にこの刺繍があったら素敵かも。改まった場には向かないけれど、家用のドレスも可愛いんじゃないかしら」

「それ、いいね！　こちらも、あとで職人達と相談してみるよ」

バッグの形はよくないと思ったが、刺繍は目新しくていい。小物に刺繍されていたら、若い女性の手が伸びそうだ。

レナはフィオナの言うことにいちいちうなずいては、次々にメモを作っていく。他の従業員達とも話をして、どれをこの国に持ち込むのか決めるのだろう。

「……フィオナは最近、何をしていたの？」

「公爵家で初めてお茶会を開いたわ。お招きした方々に、レースの小物を差し上げたの。皆さん、気に入ってくださったみたい」

最初のうちは、公爵夫人としての社交までは求められていなかった。夫人の同伴が必要な場についていくだけでよかったのだが、最近、少しずつ社交にも力を入れている。その第一歩が、フィオナ主催の茶会だ。

招待客への土産に、ランティス商会から取り寄せたレース小物を選んだのは、品質に自信があるのと同時に、売り上げに貢献したいという気持ちの表れでもあった。

「だからかな？　レース製品をお求めになるお客様が増えたんだ。もっとも、今はミスティックブルーが我が商会では一番人気だけれど」

「公爵家にいらっしゃるお客様の中にも、気に入ってくださった方が何人もいるみたい」

何ができるのか考えてみたけれど、フィオナ自身でランティス商会の品を身に着けるぐらいしか思いつかなかった。

実際品物は上質だし、最高にフィオナに似合うものを選んでいる。だからか、このところ、夜会で女性に囲まれることが増えてきた。

「そうそう、王妃陛下からご招待を受けたよ。ランティス商会の品をお気に召したみたいだ」

「王太子殿下をお披露目する園遊会ね？　では、あちらで会えるかもしれないわね」

「王族の前に出るのは久しぶりだから、緊張してしまうね」

「あなたなら、大丈夫でしょう。立ち居振る舞いにも問題ないし。私より、よほど貴族的な振る舞いが身に付いていると思うわ」

そう言うと、レナは安心したように笑った。実際、レナのマナーは洗練されている。どこに行っても恥ずかしくない程度に。

「それで、最近、公爵閣下とはどうなの？」

テーブル越しに身を乗り出すようにして、レナが話題を変える。

「どうって言われても……」

問われて困った。たしかに、彼との距離は大きく変わった。

──最初から、フレデリック様は優しかった。

覚悟を決めたはずなのに、足りていなかったと思い知らされた初夜。それでも彼は、フィオナを見放そうとはしなかった。

少しずつ丁寧に距離をつめて、受け入れられるようになるまで辛抱強く待ってくれた。

それどころか、いつの間にか生家から大切な品を取り戻してくれた。

フィオナとレナの付き合いをあまり快く思っていないような気配は感じるが、二人の交友を止めることもしない。

とても、大切にされていると言っていい。

「フレデリック様には、充分以上によくしてもらっていると思うの」

結局、口から出てきたのはそんな言葉だけだった。二人のこの関係を、レナにでさえも上手に説明できる気はしなくて。

——私、離れることができるのかしら。

フレデリックのもとを離れて、生活していくことはできる。生活はできるだろうけれど、心のどこかに空虚を抱えていくことになりそうな予感がしている。

「……おかしいなあ」

「おかしい？」

不意にレナが天井を見上げたので、フィオナは目を瞬かせた。何もおかしなことなんてない。

「公爵閣下は、フィオナのことが好きだと思っていたのに」

「……それはないと思うわ」

どこをどう見れば、そんな発想になるのかがわからない。フレデリックとの関係は、あくまでも契約上のもの。

フィオナが目を瞬かせていると、レナは不思議そうに首をかしげた。

「……そうなのかな?」

そんなことを言われても返答に困ってしまう。その様子に気づいたレナは、すぐに話題を変えてくれた。


今日は、フレデリックと付き合いのある侯爵家で開かれる園遊会に招かれている。

庭師達が丹念に手入れしている花は王宮の庭園にも劣らない美しさで、その庭園に招かれることを望む者も多い。

だが、その庭園に招かれるのは、侯爵夫人が認めた人物だけだ。その出席者に選ばれた者達は、あちこちに輪を作って歓談していた。

「盛況ですね」

「王太子殿下のお祝いをどうするか探り合う場でもあるからな」

近々、王太子をお披露目するための会が開かれる。貴族達は、出産時にも贈り物をしたが、お披露目の会でも何か贈る者が多い。

お祝いに何を送るのかまだ決めかねている者達は、最後の腹の探り合いとして、あちこちの茶会や夜会に出かけているとフレデリックが教えてくれた。

——そう言えば、商会の方にも問い合わせが来ていたわね。

王家に贈るのにふさわしい品を求めて、商会の方に貴族達から問い合わせが来ていたのを思い出した。王太子への祝いなのだろう。

「……だが、これで少しばかり気が楽になった」

フレデリックがそう言うから、思わず彼の顔を見上げる。気が楽になったって、どうしてだろう。

「少なくとも、次の代に王家の血は繋がったからな……陛下はまだ不安なようだが」

王族の数が減ってしまった件について、オズワルドに責任はまったくない。だが、彼はまだ不安を抱えているらしい。

そんな会話をかわすフレデリックは黒の盛装を選んでいた。フィオナは、彼と刺繍の柄を合わせた青いドレスだ。

ドレスは、近頃売り出しているミスティックブルーで仕立てられており、使われているレースはフィオナが今後に期待しているレース職人の手によるものだ。ランティス商会に所属しているため、他では手に入れられない品だ。

——大丈夫、うまくやれるわ。

王宮の舞踏会以降、時々フレデリックに連れられて公の場に出ることがあったけれど、毎回ドキドキとしていた。

フレデリックの腕を借りて歩く姿に、招待客達の視線が向けられる。

あいかわらず好奇に満ちた視線は多いけれど、以前よりは好意的なものが増えているのは気のせいだろうか。

それから、二人の装いに目を奪われている者もいる。特にフィオナの装いは、入手困難なミスティックブルーを贅沢に使ったものだ。

フレデリックとフィオナの結婚の経緯はともかくとして、二人の仲が円満であるということも知られつつあるのだろう。

「ご招待、ありがとうございます」

「公爵閣下、公爵夫人、お目にかかれて光栄ですわ」

侯爵夫妻のもとに行くと、喜んで迎え入れてくれた。

夫人が身に着けていたのは、ミスティックブルーだ。デザインと仕立ては出入りの仕立屋に任せたらしいが、神秘的な青は間違えようもない。

「もしかして、公爵夫人のレースはランティス商会の新作ですか？」

「ええ。こちらは、職人を引き抜いてきたんです」

フィオナのドレスを飾るレースは、まだ世に知られていない職人をフィオナが見出《みいだ》したものだった。

ランティス商会に納品されていた品の中にひときわ目を引くレースがあり、その制作者をたどっていって見つけたのだ。

レナに話をしたら、すぐにその職人を引き抜いた。今までの雇い主が支払っていた給金の二倍以上の額を提示し、ランティス商会の専属にしたのである。

「私のドレスもそうなんです。近頃、ランティス商会はますますいい品が増えてきた気がしますわね。王妃陛下も、興味をお持ちなのだとうかがいました」

そう言えば、そんなことを聞いたような記憶もある。

フレデリックはしばしば王宮に赴くが、フィオナは王族と個人的な付き合いはない。王宮に行ったのも、結婚の挨拶の時だけだったのであまり気にしてはいなかった。

「ミスティックブルーをお気に召したと、支部長が言っていたような記憶があります」

「ランティス商会は、いい品を扱っていますからね。私も、ランティス商会の商品を愛用していますよ。妻のおかげで入手しやすいのはありがたいですね」

と、フレデリックはフィオナをさらに自分の方に引き寄せた。

フィオナとランティス商会との関わりを、こうしてフレデリックは積極的に口にする。

──そんなことを言うから。

胸がざわめいたのをごまかすようにフィオナも微笑む。

ランティス商会の扱う品は多岐にわたる。フレデリックが使っている文房具も、近頃ランティス商会の品に置き換えられたというのは執事に教えてもらった。

フィオナと商会の関わりがきっかけでランティス商会との取引が始まったのだが、今まで使っていた文房具よりも使いやすいと気に入っているそうだ。

──レナの商品が広まるのはいいことよね。

ふと見回した時、近くに令嬢達の輪が出来上がっているのに気が付いた。うち一人がフィオナの方に目をやり、真正面から視線を合わせてしまう。

──どなただったかしら。

フィオナとは面識がない令嬢だ。だが、向こうはフィオナのことを知っているらしい。

遠くから会釈をしてきたので、それに同じようにして返す。

と、輪の中にミリセントがいるのにも気が付いた。ミリセントの知り合いだったらしい。

もしかしたらミリセントの茶会か何かでマーセル伯爵家を訪れた時に会ったことがあるのかもしれない。

彼女達の会話が耳に飛び込んでくる。

「ミスティックブルーが手に入らないの。ミリセント嬢はどうにかできないの？」

「そんなの無理よ。店に使用人をやったけれど、引換券すら手に入らなかったわ」

盗み聞きをするつもりはなかったけれど、彼女達の声が耳に飛び込んでくる。

引換券すら手に入らなかったと嘆いているのはミリセントだ。そう言えば、マーセル伯爵家の使用人が、列に並んでいるのを見た覚えがある。

「でも、公爵夫人はあなたのお姉様なのでしょう？」

「……ええ」

「お姉様にお願いすれば、すぐに手に入るのではないかしら。レナート・ランティスと親しくしていると聞いたわ」

フィオナとミリセントの間に姉妹の情なんて存在しないのを、そう提案した令嬢は知らないのだろうか。

――いえ、知っている可能性もあるわね。

レナの協力を得て工夫を凝らしていたとはいえ、フィオナのドレスはすべてミリセントの着用した品を手直ししたものだったから、気づいていてもおかしくはない。

ミリセントを自分より下に置くために、フィオナとの関係について当て擦っているのかもしれない。貴族達の間では、しばしばこんなやり取りが行われる。

もしフィオナとの仲が良好だったならば、いくらでもランティス商会の商品を融通しただろうから。

——なんて、私が気にすることではないわね。

先にフィオナを捨てたのはあちらなのだ。フィオナも、あちらを気にする必要なんてない。

「行きましょうか」

フレデリックを促してその場を離れようとしたら、慌てた様子でミリセントが声をかけてきた。

「公爵様、お異母姉様」

足を止めて振り返る。

できれば会話したくなかったけれど、ここでミリセントを無視するわけにはいかなかった。

——伯爵家に、そんなお金が残っていたのかしら？

と、少しばかり厳しい目になってしまったのは、ミリセントのドレスが新しいものであるのに気づいたため。

ドレスだけならば新しく仕立てることもあるだろうが、首飾りも耳飾りも、フィオナが見たことのないものだった。これだけの品を揃えるには、かなりの金額が必要となるだろうに。

「何か用かしら？」

「ラ……ランティス商会にお異母姉様が関わっているって本当？」

「ええ。母が生きていた頃からお世話になっていたわ」

もうかなり知られている事実ではあるし、伯爵家を離れた今、否定する意味はない。ミリセントが顔を歪めた。

ランティス商会の快進撃の裏に、フィオナの働きがあったことを認めたくはなかったのだろう。

「では、ミスティックブルーを分けてもらえないかしら」

「ごめんなさいね、私の手元にもないの」

嘘ではない。

フィオナ用にレナが用意してくれた三着分の布は、すでにドレスに仕立ててしまったし、三着とも着用済みだ。ミリセントに譲ることはできない。

「で、でも、お異母姉様は、ランティス商会で働いているのでしょう？　私の分を一着ぐらい融通してくれても」

「それができるなら、苦労しないわ。私の分も、レナの分ももうないの。そのぐらい人気が出たと思って諦めてちょうだい」

正確には、レナの手元にはまだ何着分かの布が残っているはずだが、それは、王族や高位貴族等のレナが親交を深めたい相手に贈るために残してあるもの。フィオナが手をつけるわけにはいかない。

「なんとでもできるでしょう？」

けれど、ミリセントはその説明では納得してくれなかった。まだ、食い下がってくる。

「できないわ。次はいつ入荷するかもわからない。予約は受け付けているから、予約しておきなさい。店で予約引換券を渡しているはず」

「それが駄目だったから言ってるのよ！」

フィオナが伯爵家で暮らしていた頃、ミリセントがフィオナにわがままを言っても、それは毎回かなえられていた。だから、今回もきっとそうなるだろうと思っていたのだろう。

――あの頃の私とは違うのに。

あの頃だって、フィオナは唯々《いい》諾々《だくだく》としてミリセントのわがままに付き合っていたわけではない。

水面下で身を立てるための準備は始めていて、その日まで我慢すればいいと思っていただけだ。

余計なことをして伯爵に目をつけられるのも正しくないだろうと思っていたというのも、ミリセントのわがままに応えてきた理由である。

「私の分ぐらいなんとかなるでしょ！」

とうとう、フレデリックの前にいるのも忘れたらしいミリセントは声を荒らげた。

「ないものはないの」

ミリセントからすれば、フィオナが自分の言うことを聞かないのが信じられないのだろう。生家にいた頃、ミリセントはフィオナの持ち物を自分のもののように使っていたから。

「予約してちょうだい。次の入荷分は、予約を受け付けているから」

次の入荷分の予約の受付も、たぶん終わってしまっているだろう。すさまじい人気だというのは聞いている。

「マーセル伯爵令嬢」

フィオナの側にいたフレデリックが、ミリセントに声をかける。はっとしたミリセントは、ようやくフレデリックの存在を思い出したようだった。

「ないものはない。妻もそう言っているだろう。私が頼んでも、融通してくれないほどなんだ。理解してはもらえないか」

そう言われて、ミリセントは唇を引き結んだ。

不満だと顔に張り付けながらも、フレデリックに向かって頭を下げる。向きを変えたかと思ったら、勢いよく去っていった。

「ご迷惑をおかけしました」

「いや、たいしたことじゃないさ」

フレデリックに口を挟ませてしまうなんて。

やはり家族との関係改善は難しい――いや、不可能らしい。

「でも、フレデリック様が必要ならレナにお願いしますよ？　限度はあると思いますけど」

「いや、問題ない。ああ言えば、伯爵令嬢もあれ以上は口を挟めないだろうと思っただけだから」

フレデリックも社交上の付き合いで、ランティス商会の品が必要になることがあるかもしれない。そう思って口にしたけれど、彼は首を横に振った。

「それより、俺は君の成功を誇らしいと思うよ」

その言葉がどれだけ励みになっているのか、彼は気づいているだろうか。

――もう、あの人達とは関わらない。

フィオナはその決意を改めて固めたのだった。

フレデリックが王宮に赴いたのを見計らったかのように父が公爵邸を訪れたのは、園遊会から二日後のことだった。

――お父様が私に何の御用かしら？

嫁いでから一度も、父はフィオナを訪ねてこなかった。フィオナもそれでよしとしてきたのは事実だし、もう関わるのはやめようと改めて決意したところだったのに。

「お約束もないのですし、お引き取りいただいても」

と、執事が提案してくる。

事前の約束がないのだから、執事の一存で追い返してもよかったのだが、そうしなかったのは、一応フィオナの父だからだ。

会う会わないの決定権はフィオナにある。

「……そうね、どうしようかしら」

顎に指先を当てて、天井を見上げる。

父に会うのは気が重かった。

服の上から、そっと胸を押さえてみる。フレデリックがフィオナのために取り戻してくれたロケットが、そこにはたしかに存在していた。

もう、父の言うことを聞く必要はない。

愛されたいと願ったことがなかったとは言わないけれど、その願いももう忘れた。

――だったら、私がやることは一つよね。

「いえ、会うわ。フレデリック様がお留守にしている時でよかったわね」

ろくな話にならないであろうことだけは、父の名前を聞いただけで想像できる。

これ以上、公爵家に迷惑をかけるわけにはいかなかった。

「……このままでいいわ。すぐ行きます」

今日は面会の予定はなかったので、気楽な服装をしていた。

本来なら来客に対応するような服装ではないが、相手が父だし、わざわざ着替えるのは気乗りがしない。このままでもかまわない。

早いところ追い返してしまおうと、急ぎ足に階下の応接間に向かう。

「お待たせしました、何か御用ですか？」

そこは、レナが訪問してきた時、資料や見本の品々を広げるのに使っている部屋でもあった。

部屋に入ったフィオナを見た父は、まぶしいものでも見るかのようにフィオナに目を向けた。

「元気そうだな」

「ええ、おかげさまで」

弱みを見せないようにしているつもりだが、父の前に出ると顔が強張る。

あの家でフィオナは、娘として扱われてこず、当主代理として仕事を押し付けられてきた。

そのフィオナがいなくなったあと、父の負担は大きく増えたのだろう。家を出る直前に顔を合わせた時よりもだいぶ老けて見えた。

ソファに向き合って腰を下ろす。

父はフィオナの上から下まで目を走らせ、まるで値踏みしているみたいだ。

「ご用件を。用もないのに、こちらにはいらっしゃらないでしょう？」

飲み物すら出すことなく、さっさと話を終えてしまおうと切り出す。父がフィオナの顔を見たいからという理由でこちらに来るはずもない。

「……ああ、そう、だな」

落ち着きなく視線をあちこち走らせ、それからフィオナに戻す。思いきったかのように父は口を開いた。

「……余裕のある生活を送っているようだな」

その言葉に、フィオナは身構える。よくない予感がした。

「ええ、公爵様はご自分の屋敷で暮らしている者に不自由なんてさせませんから」

と口にしたのはちょっとした皮肉。

あの家でフィオナは、食べるものには困らなかったけれど、貴族の娘として品位を保つための心配りはしてもらえなかった。

フィオナが着用を許されたのは、母が残した宝石とミリセントのお下がりを直したドレスだけ。

「……そうか」

父はそれには気づいていなかったのだろうか。フィオナの言葉にも、なんの感慨も持たないようだった。

――そう言えば、そういう人だったわ。

父に失望させられるのは、初めてのことではない。フィオナに必要最低限の生活さえ保障すれば問題ないと思っていたのかもしれない。

「……こちらに、戻ってくることはないのか？」

「必要あります？　私の持ち物は全部持ってきたのに」

すのは難しい。

フィオナは、首をかしげた。

自分の持ち物はすべて持ち出してきたし、継母やミリセントと話すようなこともない。よくしてくれた使用人達には会いたいが、伯爵家に戻ったところで、彼らとゆっくり話すのは難しい。

「……あ、いや、だからな……」

今、フィオナに指摘されるまで、父は気づいていなかったのだろうか。あの屋敷に戻りたい理由なんてないのに。

「私と思い出話をしたくていらしたわけではないですよね？　ご用件はなんでしょう？」

フレデリックが不在の時に、これ以上父と時間を過ごしたくはなかった。居住まいを正したフィオナの雰囲気が変わったのに父も気づいたらしい。

「少し……援助をしてもらえないか」

「え？」

「だから、援助……だ……」

言葉の意味が信じられなくて聞き返すと、父はもごもごと言い直した。

——これは、フレデリック様には言えないわね。

どうやら、父は新たな援助を求めているらしい。それは、父と彼との契約に反している。

「支度金以外の援助はしないことで、合意がとれているとフレデリック様からは聞いていますが、違いますか？」

そう言うと、父は驚いたように目を丸くした。

――フレデリック様と私の間には、いっさい会話がないと思っているのかしら？

母との結婚生活を考えれば、父がそう判断するのも不思議ではないかもしれない。両親の結婚生活は、冷えきったものだった。

会話すらない夫婦を身近に見ていたわけではあるが、フィオナとフレデリックにはそれは当てはまらない。

それぞれ社交上の付き合いも、友人との付き合いもあるが、屋敷で過ごす時間も大切にしている。会話もしているのだ。

「……だが、家族は助け合うものだろう？」

今度は、フィオナの情に訴えかけようとしてきた。

フィオナは鼻を鳴らした。貴族らしからぬ行為ではあったが、このぐらいは許されるはず。

「家族？　私に、家族なんていたかしら」

肉体的につらい下働きの仕事を押し付けられたとか、殴る蹴るの暴力を受けたということはない。

本来当主がすべき仕事を押し付けられ、社交上必要な品については異母妹のお下がりを渡されていただけ。

衣食住をあてがわれていたと言えばそうだろうが、そこに家族としての情なんて存在しなかった。

「使用人のようなものだと思っていたけれど」

「──フィオナ！」

また、父がいらだたし気な声を上げる。ここがどこなのか、忘れてしまったのだろうか。

部屋の隅に控えていた執事が、一歩前に出る。

「私は大丈夫だから、落ち着いて」

言葉と同時に手で執事を制するのを見た父は、何かを思い出したかのように手を打ち合わせた。

「そ、そうだ。金が必要なんだ。お前は、金を持っているんだろう。助けてくれ──さもなければ、お前のロケット……」

──やっぱり。

父は、ここに来る前に、あのロケットがどうなっているか確認すらしていなかったようだ。

彼の言葉を封じるみたいに、フィオナは首の鎖に手をかける。

服の内側から引っ張り出したのは、フレデリックが取り戻してくれたロケットだった。鎖をつままれたロケットが揺れる。

「お父様がおっしゃりたいのは、これのことかしら」

「……それは」

父が目を丸くする。フィオナのもとにロケットがあるのが、信じられないらしい。

「フレデリック様が取り戻してくださったの。あら、そんな顔はしないで？　まるで、公爵閣下が盗みを働いたとでも言いたそうな顔」

わざと煽ったわけではないけれど、ついそんな言葉が口をついて出る。

今までのフィオナは父におとなしく従っていたから、父はフィオナのこの反応はまったく想定していなかったのだろう。ぽかんとしている。

「このロケットは、もともとあなたのものではないんだもの。私から取り上げた段階で、盗人はあなたの方。フレデリック様は、取り戻す手伝いをしてくださっただけ」

父は、またもやぐっと言葉につまってしまった。

――追い詰めたいわけではないのよ。

フィオナを公爵家に売り渡したわけではあるが、今の生活はとても幸福だ。

必要以上に父が騒ぎ立てればこの生活が破壊され、フレデリックに迷惑をかけることになりかねない。

だから、フィオナは父に提案した。

「約束してください。二度と私個人に関わらないこと。公の場ではしかたないけれど、私的な場では公爵家との関わりを持たないこと。これを守っていただけるなら、お金をお渡しするわ」

事実上の手切れ金である。娘から手切れ金を提案されて、父は顔を引きつらせた。

「し、しかし、公爵家とまったく関わらないというわけには……」

「ええ、だから私的な場と言ったの。公の場ですれ違った時に挨拶ぐらいはするかもしれないけれど、個人的には関わらないことにしましょう」

フィオナに個人的な面会を求められたら断るが、公爵家と伯爵家の繋がりは最小限残しておくというのがフィオナの提案だった。

社交界でまったく顔を合わせないというのは難しく、それをするとこちらの態度がよろしくないということになりかねない。父のためではなく、公爵家のための提案だ。

「……だが」

往生際悪く、父はまだもごもご何事かつぶやいている。もちろんそれもフィオナは想定していた。

「お金を受け取らず、改めて出直していただくという選択をしてもいいのよ。それは、お父様の自由――だけど私が今日の話をしたら、フレデリック様はどう思うかしら？」

父が新たな援助を求めれば、フレデリックとの約束を破ることになる。

フレデリックが伯爵家にどう対応しようが、父はその対応に文句は言えない。

「これは、公爵家のお金ではなくて、私が自分の力で手に入れたものなの。だから公爵家との約束を破ったことにはならないけれど、私が援助できるのもこれきりよ」

フィオナと父を隔てているテーブルに、フィオナは革袋を置いた。ずしりとした重みを、父は見ただけで理解したらしい。

革袋に向ける父の目の色が変わった。

「ほ、本当にいいのか……？」

父の手が革袋に届く前に、フィオナはすっとそれをひっこめた。手を伸ばしたままの姿勢で父が固まる。

「二度と、私に、関わらないで――どこで私に会っても、声をかけないで。このお屋敷にも来ないで。私に手紙も書かないで」

この屋敷に来てから、手紙が来たことなんて一度もなかったが、そう付け足す。

きっぱりと拒絶されて、父は口をパクパクとさせた。何を言いたいのだろう。もう、この人に興味はないけれど。

「無理かしら?」

「い、いや……だが、私とお前は親子で」

「最初に母と私を捨てたのはあなた。私に利用価値がなければ、きっと街中に放り出されたままだったでしょうね」

祖父が亡くなった時、母ともども屋敷から追い出された。

母が亡くなった時に連れ戻されたけれど、それだって、フィオナを愛していたからではなかった。想定していたよりフィオナが見目麗しく育ったから、利用しようとしただけ。

「……だが」

「公爵様は、ご自分を利用しようとする人はお嫌いなの。だから、私に二度と近づかないで。私を利用するのも、ご自分を利用したと判断なさると思うわ」

声音で言外ににじませる。どんな報復があるかわからない、と。

さすがに父もそれを認識したらしく、困った顔をしながらも立ち上がる。しっかりと革袋は手に持って。

「今までの養育費をお返ししたと思ってください……さようなら」

革袋を摑んだ父は一瞬だけフィオナと目を合わせたが、何も言うことなく出て行った。見送るフィオナも、それ以上言葉をかけようとはしなかった。


その日の夜、戻ってきたフレデリックにフィオナは父が屋敷を訪れたことを告げた。フィオナの言葉を無視して再びここに来ることがあるかもしれない。念のために、フレデリックにも話を通しておくべきだと思ったのだ。

「父には、二度とここには来ないよう言いました」

「フィオナを煩わせないように、俺の方でも手を打っておこう。フィオナに接触をはかるとは思っていなかったんだ。俺の考えは、甘かったな」

捨てるようにして嫁がせたフィオナに接触するほど、厚顔ではないとフレデリックは思っていたようだ。

「私に利用価値ができたからでしょう。あの人は、いつもそう……でも、すっきりしました。あの時の顔、フレデリック様にも見ていただきたかったです」

父の目の前でロケットを首から引っ張り出した時、ぎょっとした顔になった。

――たぶん、どこかにしまい込んだまま、自分でも忘れていたのでしょうね。

フィオナのもとを訪れる前、ロケットのありかを確認すらしていなかったらしい。

その程度の扱いしかしていなかったのにと思うと心のどこかに悔しさがにじむけれど、手元に戻ってきたからよしとしよう。それに、もうあの人達のことは忘れると決めた。

「……そうだな、その顔は見てみたかった気がする」

冗談めかしてフレデリックは言うが、表情はどこか晴れない。フィオナが父と一人で対峙したことが、よほど気にかかっているらしい。

「もしかして、私は薄情者なのかもしれません。少しはここが痛くなると思ったのですが、なんともないんです」

そっと胸に手を当ててみる。

家族と呼んだ存在に別れを告げたなら、胸が痛むだろうと思っていた。

けれど、現実にはそんなことなかった。

フィオナの心は、少しも痛まなかった。ちくりとさえしなかった。

それどころか屋敷を去る後ろ姿を窓から見送りながら、心の中で高々と右手をつき上げた。ついに、父に勝ったような気がして。

「フィオナは、薄情なんかじゃない。それは、俺がよく知っている」

「……そうでしょうか？」

フィオナの声が、自信なさそうに揺れる。

この屋敷で暮らしている間は、フレデリックにふさわしい存在でありたいと願っていた――けれど。本当に、そうふるまうことができているだろうか。

「私、ちゃんと約束は果たしますから」

「……約束？」

「フレデリック様との約束。今日、持っていたお金をすべて渡してしまいましたけれど、しっかり働いて、あなたとのお約束を果たしたら、きちんと出ていけるように準備を――」

フィオナにとって、時機が来たらフレデリックから離れるのは、ごく当たり前のことだった。

フレデリックには大切にされているけれど、彼の気持ちはフィオナが彼に向けている気持ちとは違うものであると、きちんとわきまえているつもりだった。

――でも、本当はそうじゃない。

必要もないのにあえて言葉にしているのは、そうしないとフレデリックへの想いがどんどん大きくなってしまいそうだから。

フレデリックは、自分の存在が王家を脅かすことを恐れている。彼の父と王家との関係がそうさせているのだろう。

だからこそ、この年まで結婚せず一人で暮らしてきたのだから。

「……フィオナ」

フィオナの思いを上手に伝える術《すべ》を持たなくて口を閉じてしまったら、フレデリックの腕がフィオナの身体に回された。

「そんなことは考えなくてもいいんだ」

「……でも」

「頼む。ここにいてくれ――ずっと」

今、彼はなんと言ったのだろう。ここにいてくれ、と聞こえたのだが気のせいだろうか。ここを出ていきたくないと思うフィオナの気持ちが、空耳を招いてしまったのだろうか。

「フレデリック様……?」

彼の名を呼んでしまってよかったのだろうか。自分自身でもわからなくて、ただ、視線をさまよわせる。

「わ、私……ごめんなさい、ぼうっとしていたみたいで」

フレデリックの言葉を聞き間違えてしまった。彼が、フィオナにここにとどまってほしいと望むはずないのに。

「ここにとどまってほしい。この屋敷に、俺の側に。俺には、フィオナが必要なんだ」

フィオナが彼の言葉を信じていないと思ったのか、フレデリックは同じ言葉を繰り返した。それでもまだ、信じられない――本当に？

「フレデリック様、でも、私は――」

上手に言葉を紡ぐことができなかった。

フィオナが父と縁を切ったと言おうとも、フィオナの身体にマーセル伯爵家の血が流れているのはどうしようもない。

フレデリックは、姻族が彼を通じて王家に影響を及ぼすことを何より嫌っている。なのに、厄介な身内のいるフィオナを選んでくれるなんて本当にいいのだろうか。

「マーセル伯爵ぐらい、俺が上手にあしらえないとでも？」

「そんなことを思っているわけでは……ありませんが」

フレデリックなら、父を上手にあしらえる。フィオナとの婚姻を受け入れたのには、あの父ならどうにでもできるという判断もあったかもしれない。

「それとも、フィオナは俺が頼りないと思っている？」

こちらをのぞき込んでくる彼の目に、危険な色が混ざった気がした。気のせいだろうかと、フィオナは瞬《まばた》きをしてみる。

「フィオナが望むのなら、伯爵家の者全員、フィオナの前に顔を出せないようにすることるなんて。

思ってもみなかった言葉が出た。まさかフレデリックの口から、そんな極端な言葉が出

「そ、それは……」

もできる。いっそ、つぶしてしまおうか」

フレデリックは、ごく当たり前のことを口にしただけみたいな顔をしているけれど、実際のところはかなり物騒な発言だ。

「どうして……？　そこまでする必要はないでしょうに」

フレデリックとの関係を考えれば、彼がそんな発言をする方がおかしいのだ。

「……君を愛しているから」

真正面からの言葉に、フィオナは固まった。今、彼はなんと言ったのだろうか。君を愛している？

聞き間違いではないかと、しきりに瞬きを繰り返す。

望んだ言葉だった。でも、望んではいけないと思っていた。

フレデリックが、フィオナと生涯を共にしたいと願うなんて想像もしていなかったから。

口を開き、フレデリックの名を呼ぼうとし、またそこで口を閉じてしまう。

「では、お約束は……？」

長い沈黙のあとに、ようやくそれだけを絞り出した。

フレデリックがわずかに顔をしかめる。

――私、間違ったことを言った？

その約束でここに来た。生涯を共にしたいと彼が願ってくれるのなら、あの約束はどうなるのだろう。

「フィオナが、この生活を窮屈だと思っているのは知っている」

それは否定できなかった。優雅なドレスも、宝石も、フィオナには重い。

社交上の付き合いも、公爵夫人としての立ち居振る舞いも、気を抜けないものだった。

フレデリックと別れたあと、伯爵家に戻らず、下町に戻る決断をしていたのは、あの頃の生活が懐かしかったというのもある。

「……それでも。ここに残ってほしいと願ってしまう。子供を産んでも、俺と別れず、ここにとどまってほしい、と」

「私は……」

フィオナの口から出る言葉は、どうしてこんなにも自信なさそうに揺れるのだろう。

「私は、家族が欲しかった。あなたの提案を受け入れた時、一時でも家族ができるのなら嬉しい、と……そう、思って」

どんな形であれ、必要とされるのなら嬉しいと願ってしまった。その願いが歪んだものであることは充分承知していたけれど。

「あなたが望んでくれるのなら、私……ここに、いたい……です……」

フィオナから手を伸ばし、フレデリックの首に手を回す。ぴたりと密着したら、彼との距離がより近くなったように感じられた。

——ドキドキしてる。

初めてこの屋敷で過ごした夜よりも。

初めて彼と結ばれた夜よりも。

互いの鼓動が強く感じられる。

「俺は、誰よりも幸運だ」

「なぜです?」

「フィオナと共にいる権利を得たのだから」

フレデリックの口から、こんな言葉が出てくるとは思わなかった。

二人の出会いは、普通なら考えられない歪なもので。フィオナも、フレデリックもそれでよしとしていたはずだった。

「……それは、私も同じです。こんなに幸せになれるとは、思ってもいませんでした」

けれど、二人で重ねてきた時間は、二人の気持ちを変えるのに十分だったらしい。

この屋敷に来た時には、彼と幸せになれるとは思っていなかった。

フレデリックとの結婚生活はあくまでも通過点。伯爵家の人達と違って、彼はフィオナを尊重してくれる。だから、平和に暮らしていけるだろうとは思っていた。

フィオナを支えていたのは、この屋敷を離れたら自由に生きることができるという思い。

それが少しずつ形を変えていって、相手を知って、今は隣に並ぶことを望んでいる。

やはり、幸せなのだ。あの時、父がフィオナをフレデリックに売り渡したことを、今はこんなにも幸運に感じている。

「んっ……」

啄むように口づけられ、甘い声が漏れた。

「俺は、君を愛してる」

ひそやかに囁かれる言葉。フィオナは目を閉じてその言葉を受け入れた。

【第七章　永遠の幸福をあなたと】

それから、二週間後。フレデリックとフィオナは、王宮で開かれる園遊会に参加していた。

今回の園遊会は、王太子のお披露目であるため、貴族だけではなく、王妃が気になった芸術家や学者、商人等も多数招待されている。

とはいっても、生まれたばかりの赤子を長時間外に出しておくわけにもいかず、貴族達の前に王太子を抱いた王妃が姿を見せ、数分で中に戻って王太子の出番は終了。

あとは、大人達の時間だ。

学者や芸術家にとっては、後援者を探すいい機会になるし、商人にとっては自分の商品を王族貴族に売り込む絶好の機会となる。そのため、皆、気合が入っていた。

もし、ここで王族や高位貴族に気に入られれば、王太子の使用する品をおさめることになるかもしれないからだ。学者や芸術家も、王太子の教育係になれるのではないか、王族の肖像画を画いたり彫刻の注文を受けたりするのではないかと期待に胸を膨らませている。

――王太子殿下が生まれたなら、次は公爵家と期待されるわね。

と、フィオナは少しばかり憂鬱である。だが、ここでフィオナに無体なことを言う人はいないだろう。

気を取り直して、周囲を改めて見渡してみる。

――レナが、ここに招待されたのも当然のことね。

見渡してみれば、集まっている貴族達は、ランティス商会が隣国から持ち込んだ布やレースを使って仕立てられた品を身に着けている人が多い。

ドレスは他の仕立屋で仕立てたにしても、手袋や靴、バッグといった小物はランティス商会の品を持つのが流行のようだ。

もちろん、フレデリックと揃いの装いをしたフィオナも同じである。

公爵家が代々取引してきた仕立屋がいるために、今回はそちらに仕立てを依頼したが、仕立てるのに必要な素材はすべてランティス商会で購入したものを持ち込んでの依頼となった。

「皆が君を見ているな。君とランティス支部長の成功が気になるらしい」

「フレデリック様と、レナのおかげです。私にできることなんて、そう多くありませんから」

身を寄せてくるフレデリックにそう返して、目を自分のドレスに向けた。

今日のフィオナも、ミスティックブルーのドレスを身に着けている。公爵夫人みずから広告塔になっているわけだ。裾には金糸で鮮やかな刺繡が施されている。

フレデリックの上着にも、同じ刺繡が施されている。並んで立つと、とても鮮やかな二人だった。

二人が歩いていくと、周囲から感嘆の目を向けられた。

「ドラモント公爵夫妻、こちらにおいででしたか。ご案内させていただきます」

王妃の側仕えをしている侍女が、するすると近づいてきた。案内された先には、すでにレナが待っていた。

今日のレナは、ランティス商会の目玉商品である青――ミスティックブルー――を使った衣裳を身に着けている。

いつもは首の後ろで束ねているだけの亜麻色の髪にも、揃いのリボンが結ばれていた。

「……まあ、レナ。とても綺麗。今日は青を選んだのね」

「ミスティックブルーを宣伝するのだから、当然でしょう――公爵閣下、お目にかかれて光栄です」

胸に手を当てて一礼。大きな仕事を任されているだけあって、その仕草はこの国の貴族といっても通りそうなほど洗練されている。

「ああ。君と妻の成功を、私も大いに喜んでいる」

今、妻という言葉に必要以上に力がこもっていなかっただろうか。ちらりと二人の顔を見るけれど、二人とも何事もないような顔をしている。

いや、レナは笑いをこらえているか。何が面白いのか、フィオナにはまったくわからない。

やがてレナとフィオナが同時に王妃の前に呼び出される。フレデリックは、今日はフィオナの付き添いという形のため、控えの間で待機だ。

「ドラモント公爵夫人とランティス商会のレナート・ランティスね？」

「さようでございます、王妃陛下」

丁寧に頭を下げる。王妃とは以前にも顔を合わせたことはあるけれど、フィオナにとっては雲の上の存在だ。

フレデリックが近くの部屋にいるし、何かあれば駆けつけてきてくれるとわかっていても、緊張で心臓が口から飛び出るのではないかという気持ちになる。

「ランティス商会の品はどれも高品質だわ。皆が欲しがるのも理解できるわね」

「ありがとうございます、王妃陛下。公爵夫人のお力添えのおかげでございます」

再び、レナは胸に手を当てて一礼。フィオナもそれに習う。

そんな二人の様子に、王妃は満足げにうなずいた。

「ええ、陛下も、夫人のことをよく話題にするの。わたくし、あなた達の才能をとても高く買っているのよ――ぜひ、わたくしとも仲良くしていただけると嬉しいわ」

「……もったいないお言葉でございます」

レナと二人、綺麗に声が揃った。

あまりにも綺麗に揃ったので、王妃はおかしくなったらしい。一瞬笑みを浮かべたけれど、すぐに真面目な表情を取り繕った。

「そうそう、先日献上してもらったのに、追加でミスティックブルーをお願いしてしまってごめんなさいね。なかなか手に入らないと聞いたのに。すぐ届けてくれてよかったわ」

「いえ、王妃陛下にご購入いただけるのでしたら、喜んで」

レナは微笑んだ。

フィオナの手元にはもうないが、ランティス商会の倉庫にはまだ在庫がある。レナが本当に必要だと判断した時に使うためだ。それを、王妃が買い上げたというわけだ。

レナとの話が終わると、王妃はフィオナの方に向き直った。

「……公爵夫人、あなたには期待していますよ。正しい行動を取ってくださいね」

「は、はい。王妃陛下のご期待に添えるよう、努力いたします」

あえてフィオナにだけ声をかけてきた理由がわからない。首をかしげながらも、去るようにと合図をされたのを機に王妃の前から立ち去った。

「やれやれ」

肩の荷が下りたと言わんばかりに、レナは大きく伸びをした。貴族ならばまずやらない仕草だ。

「私はもう行くよ。他に挨拶をしておきたい方々もいるしね」

「私で力になれることはある？」

「いや、ないよ」

レナが望むのならば、公爵家と親交のある人達と引き合わせようかと思ったが、そこまで必要ないらしい。

控えの間にいたフレデリックは、フィオナ達が戻ってきたのに気付き、大股でこちらに歩いてくる。

「終わったか？」

「終わりましたが……緊張しました」

王妃との顔合わせは、緊張した。だが、フレデリックの顔を見たらほっとした。

「では、公爵閣下、失礼いたします」

しなやかな動作で頭を下げると、レナは人混みの間に姿を消してしまう。

「……俺達も行こうか」

「ええ」

フレデリックの手が、腰に添えられる。なんとか乗りきったけれど、王妃の発言、妙に含みがあるように感じられたのはフィオナの気のせいだろうか。

——ランティス商会の仕事に手を貸しているのが気になる……とか？

この国では、貴族の女性が働くのはあまり好まれない。フレデリックがフィオナを自由にさせているのが例外なのだ。フレデリックがフィオナの活動を認めるような発言をするのも。

だが、王妃がそれを面白くないと思っているのだとすれば、フィオナに一言苦言を呈したくもなるだろう。

——たしかに、もう必要ないと言えば必要ないのかもしれないけれど。

もともとは、貴族籍を離れても生活に困らないよう、準備のために始めた仕事だ。

フレデリックと生涯を共にすると決めた今、あえて商会の仕事を続ける必要もない。

とはいえ、母が生きていた頃からフィオナのことを助けてくれた人々と離れるのも忍びなくて今までずるずるとここまで来てしまった。

「やはり、疲れたみたいだな。少し、そこで休もうか」

「そうですね。その方がいいかもしれません」

ベンチに座って少し休む。やはり座ったら、緊張の糸が解けたみたいだった。

根が生えてしまったみたいに、ベンチから立ち上がることもできない。

フレデリックは、そんなフィオナに根気強く付き合ってくれた。

「フレデリック様は、よろしいのですか？」

「何がだ？」

「ご挨拶とか」

そう言ったら、フレデリックは肩をすくめた。

どちらかと言えば、フレデリックは挨拶される側であるのだった。こちらから回る必要もない。

「公爵閣下、公爵夫人。ご挨拶を」

ベンチに座って休んでいたら、あっという間に囲まれてしまった。

フレデリックが挨拶を受け、フィオナも彼の隣で笑みを浮かべて対応する。いったん囲まれてしまうと、なかなか挨拶の列は途切れることがなかった。

フレデリックが隣にいるのに、考え込んでしまった。そう言えば、王妃には挨拶をしたが、国王にはまだ挨拶をしていない。

「フレデリック様、そろそろ陛下のところにうかがった方がいいかもしれません」

人波が途切れたところで、フレデリックの腕に手を置く。

「そうだな。陛下に挨拶をして──ランティス支部長に声をかけたら帰るか」

「いいのですか？」

「必要な挨拶はもうすませたからな」

歩きながら、フレデリックは器用にフィオナの方に上半身を寄せてくる。

「それに、フィオナが関わる必要のない者がいるだろう」

「……そうですね」

先ほど、父と継母とミリセントが一緒にいるところを見かけた。できることなら側によりたくない人達だ。

すぐに国王のところに向かったのだが、途中で何人かに捕まった。挨拶をかわしているだけでも、それなりに時間がかかってしまった。

──あら？

フィオナ達が向かった時には、オズワルドがミリセントと何やら話し込んでいた。

国王がいろいろな人と話をするのは珍しくないが、独身の女性と話し込むというのはありなのだろうか――と、継母がそこに加わる。

二人が揃って頭を下げ、離れていくと別の貴族が近づいていく。国王も国王で忙しいようだ。

頃合いを見計らい、フレデリックはフィオナを連れて国王に近づいた。

「公爵夫人、あいかわらず綺麗だね」

「ありがとうございます……?」

「私より先に妻にお声がけですか、陛下」

そっとフレデリックに目をやれば、彼もこちらに視線を向けてきた。とたん、フィオナの顔がぽっと熱くなる。

「だって、君の顔は見飽きているし？　公爵夫人はめったに王宮には来ないし？」

先ほど、ミリセントと会話をしていた時も、こんな風に気安く話しかけていたのだろうか。

「先ほどマーセル伯爵令嬢から聞いたのだけど、ミスティックブルーはしばらく手に入らないんだって？」

「ありがたいことに、購入希望のお客様がたくさんいらっしゃるものですから……」

「なんとかならないかな？　王妃が欲しがっているんだ」

ミスティックブルーの品薄は、切実な状況だ。国王に頼まれたところで、すぐには渡せないほどに。

「その件でしたら、すでに商会から王妃陛下にお届けしております」

「そうか、ありがとう。仕事が早いねと言いたいのだけれど――そうじゃなくて、私に届けてほしいんだ。こっそり新しいドレスを用意して驚かせてやりたい」

オズワルドは、満足そうな笑みを浮かべたけれど、首を横に振った。

「……まあ」

手持ちをすべて吐き出したと世間には言っているが、ごくごくわずか残っている。国王相手ならばレナも駄目とは言わないだろう。きっと、喜んで手持ちを出してくれるはず。

「仕立ては王家の専属に依頼することになるけれどね、そうそう、レースもいいのが入っているんだって？」

「さようでございます、陛下」

「それなら、レースも何種類か届けてもらおうかな。今回使わなくてもいずれ役に立つだろうし」

「……かしこまりました。私から、商会の方に伝えておきます」

レナも、国王から改めて依頼があったと聞いたら喜ぶだろう。フレデリックも新たな注文があったと聞いて、喜んでいるようだった。

「では、陛下失礼いたします」

二人そろって丁寧に頭を垂れ、オズワルドの前を去る。背中に視線を感じて振り返ったら、オズワルドはじっとこちらを見送っていた。

◆　◆　◆

王妃の園遊会から、十日が過ぎた。王太子を産んで幸せそうだった王妃の顔を思い出す。

――王妃陛下も時間がかかったと言うけれど。

フレデリックと結婚してから半年もたっておらず、フィオナは身ごもってはいない。月の物がきて、がっかりしたのはつい先日のことである。

焦ったところでどうにもならないというのもわかってはいるけれど……。

はぁとため息をついたけれど、そうしたところで事態が動くわけではない。それに、商会にふりかかった問題もある。

――あとは、レナの腕に任せるしかないけど。

オズワルドには、レナが責任を持って最高級の品を届けた。その品には問題がないのをフィオナも確認しているが、近頃ミスティックブルーの模造品が流通し始めたのだ。

フィオナやレナが見れば、一目で違うとわかる。糸も織りも染めも比べ物にならない粗悪さだ。

とはいえ、中には騙《だま》されてしまう人もいて、商会の方には苦情が入っている。

職人達からも、どうにかならないかと頼まれていて、近頃のレナはそちらに奔走している。

フィオナも動くことができればいいのにと思っているが、うかつなことはしないようレナから言われている。

ランティス商会ではこういった時の対応策も決めてあるそうで、今は商会の中でも調べに長けている者が調査を行っているらしい。

フレデリックに相談することも考えたが、彼のもとを離れる準備のために開店させた店なのに、彼に助けを求めるのは違う気がしてならない――今は、二人の気持ちが繋がっていたとしても。

そんなことを考えながら部屋にいたら、あっというまに昼食の時間を過ぎていた。

朝から王宮に出かけていたフレデリックが戻ってきたのは、昼食を食べ終えた頃である。

「出かけてくる。今夜は戻らないと思う」

「お出かけ、ですか？」

「陛下から、直轄領の視察を命じられた。陛下は、王宮を離れられないしな」

国王が王宮を離れるとなると、事前の準備が必要になる。

王太子殿下も生まれたばかりだし、簡単に王宮を離れたくないという理由もあるのだろう。

その点、フレデリックならば国王が動くよりも身軽だ。

「……フレデリック様だってお忙しいのに」

と、つい口から零れてしまったのは不敬だっただろうか。だが、フレデリックは困ったように笑っただけでフィオナの不満を流してくれた。

「残っている王族が少ないのだから、そこは我慢するしかないな。あと二十年もしたらもう少し楽になる」

「それは、気の長い話ですね」

たしかに二十年もたてば、王太子も政務に携わるようになっているだろうし、もしかしたら、他に弟や妹もいるかもしれない。

「どうした？」

「いえ、なんでもありません。お出かけでしたら、軽食を用意させますか？」

頬が緩んでしまったのを、フレデリックに気づかれた。

子供達、とごく自然に考えていることに頬が緩んだけれど、なんとなくフレデリックの前では見せたくなかったので話題を変える。

「頼む。何も食べる時間がなかったんだ」

馬車の中で食べられるように、サンドイッチを厨房に頼む。それから、飲み物も。

――余計なことは言わない方がいいわね。

一瞬、不安が胸をよぎるが、不安になる理由もわからなくて、黙っていることにした。

どうして不安になるのか、自分でもまったくわからない。フレデリックとの仲はいたって順調だというのに。

軽食や飲み物を詰めたバスケットを持って見送りに出た時には、もう荷物の積み込みは終わっていた。

「行ってらっしゃいませ……急なご命令ですし、何かあるかも。どうか、気を付けてください」

「フィオナも気を付けるんだ。留守中、何があるかわからないからな」

フレデリックが、そんなことを言うのも珍しい。

——急な視察だし、何かあったのかしら？

疑問を覚えたけれど、それは見せないようにしてフレデリックを見送るしかなかった。


王宮からの使いが来たのは、フレデリックを見送ったその夜のことだった。

「……陛下へお納めした品に不備があった？」

王宮から届けられた手紙に、フィオナは眉間に皺を寄せた。

王妃が買い上げたミスティックブルーとは別に、オズワルドに頼まれてもう一着分の生地を献上したのは昨日のこと。王妃のドレスを仕立てるためと言われて、レースやリボン、水晶で作られたボタン等も一緒に収めた。

その生地に不備があったと手紙には書かれているが、まったく心当たりはない。

レナとフィオナ二人で、特別な在庫を徹底的に見比べ、一番上質なものをレナが届けたのに、不備があったなんて。

「急いで支度をします。馬車を用意してください」

使用人にそう命じ、部屋に戻って身なりを改める。きっと今頃、レナのところにも知らせが届いているだろう。

地味で目立たないながらも、王宮へ赴くのにふさわしい格式を持ったドレスを選ぶ。

フィオナが手に取ったのは、紺色のドレスだった。襟は高く、白いレースで飾られ、同じレースが袖口にもぐるりと縫い留められている。

目立つ装身具はつけない。結った髪に真珠とガーネットの髪飾りだけを挿した。不安そうな執事に微笑みかけて馬車に乗り込む。

――何かの間違いだわ。

揺れる馬車の中、懸命に自分にそう言い聞かせた。

あの時、あれだけ二人で一生懸命選んだのだ。不備があるなんておかしい。

馬車が通されたのは、王宮の中でも奥まった一角だった。使用人がフィオナを案内したのも、王宮の奥の方だ。普通なら、こんなところには通されない。

――たぶん、王族の私的な空間よね、ここ……どうして、こんなところに通されるのかしら。

歩みを進める間にも、どんどん不安は高まっていく。

フィオナが通されたのは、小さな部屋だった。あくまでもフィオナの印象だが、謁見に使われるというよりはもっと私的な場のように思えた。そして、中にいるのはオズワルドだけ。

「フィオナ・ドラモント参上いたしました」
丁寧に頭《こうべ》を垂れながらも、頭の中は疑問でいっぱいだった。
――変だわ。
さすがにこういった場所に呼び出されたのは初めてだが、オズワルドしかいないという
この状況がおかしい。
「よく来てくれたな、公爵夫人」
「献上した品に不備があったとうかがいましたが……？」
ランティス商会の献上した品に不備があったというのなら、そもそもレナがこの場にい
ないのもおかしいのだ。
心の中で、警鐘がけたたましく鳴り始める。
オズワルドの前に立って、緊張せずにはいられなかった。相手は国王だ。
フレデリックがいくら権力に近いところにいるとはいえ、何かあれば、罪を問われるの
は公爵家の方だろう。
オズワルドが、ゆっくりと目を細めた。何でだろう。ぞっとする。
――失敗したわ。
フレデリックに使者を出してから来るべきではなかっただろうか。

いや、執事に手紙を渡しておいたから、きっと彼ならうまく取り計らってくれるはず。

「妃に贈りたかったのだが、こんなものが届けられたぞ」

目の前に差し出されたのは、たしかに青に染められた布だった。だが、明らかにフィオナとレナが携わってきたミスティックブルーとは違う。

「これは、ランティス商会の品ではありません」

「どこが違う？」

オズワルドは面白くなさそうに顔を歪めた。

「商会のミスティックブルーは、こんなに安い糸を使ってはいませんし、染料も違うものです――織り方も」

フィオナは受け取った布を動かした。光に照らされ、模様が浮き上がる。

「ランティス支部長が、公爵夫人に黙って粗悪な品を献上したのでは？　もう在庫がないのだろう？」

フィオナは頭を目まぐるしく回転させる。なぜ、オズワルドはそんなことを言い出したのだろう。

「たしかに、一時販売を中止しましたが……」

納品されてきた品の中から、特に上質なものだけを選び抜いてレナは保管している。フィオナに譲ってくれたのも、そのレベルの品だ。

いざという時のために取り置きをしてあるのだから、あえて粗悪な品を渡す必要はない。

「陛下、ランティス商会を陥れようとする陰謀です——王家に献上した品が、まったくの別物になっているなんて。すぐに調査を」

「その必要はない」

オズワルドは、腰を浮かせかけたフィオナの言葉を遮った。立ち上がりかけていたフィオナは、オズワルドの制止に再び腰を下ろす。

「必要ない、とは？」

「……まさか、君が私の言葉に逆らうとは思ってもいなかったよ」

不意にオズワルドの雰囲気が変わる。

危ない、と思った時にはもう遅かった。手首を摑まれ、引き寄せられる。ぐるりと身体を回され、壁に背中を押し付けられた。

——逃げられない……！

完全に外堀を埋められている。視線を上げれば、思っていたよりもずっと側にオズワルドの顔があった。

「何を……なさるおつもりですか……？」

腕を摑む力が強い。

痛みに顔をしかめながらも、負けたくない、と懸命に前を見据えた。オズワルドがにやりと口角を上げる。

「君が産むのは、王家の血を引いている子供であればそれでいい。ならば、私の子でもいいわけだな」

「――なっ」

あまりのことに、言葉を失った。

たしかに、王族を増やすのは急務とフレデリックからは聞かされていた。だが、まさか、こんなことを言い出すとは。

「なぜ……私なのです？」

問いかける声も震えている。

フィオナにオズワルドが興味を持つ理由なんてまったく思い当たらなかった。

「うーん、王族を増やすだけなら君じゃなくてもいいんだけどね。フレデリックに対してちょっとした意趣返しというか。君に話してどこまで理解してもらえるかどうか。ただ……そうだね。親子二代で正当な王位継承者の前に立ちはだかるのは、不敬だと思わないかい？」

「……それは」

先代公爵を担ぎ上げようと動いた者達がいた。そして、それはオズワルドとフレデリックの代になってもどこかに残っていた。

フレデリックは、王家に弓を引くつもりはないと結婚もせず独身を貫いていた。オズワルドが後継をもうけるまでは結婚しない、と。

「彼の方が年を重ねている分、様々な経験をしているだろう。だから、私よりフレデリックを立てようとする者も多いんだ」

オズワルドは笑ったけれど、その笑みは歪んでいた。

フレデリックに対する劣等感。普段は巧妙に隠しているそれが浮かび上がっている。

「というわけで、君には私の子を産んでもらおうと思うんだ」

「お断りいたします……！」

どうしよう、返す声が震えている。壁に押し付けられている背中がひりひりとし始めた。

オズワルドが顔を寄せてくる。

「――フィオナ！」

その時、思いもかけない声がした。低いうめき声がしたかと思ったら、今の今まで覆いかぶさるようにしていたオズワルドが、引きはがされた。

「フレデリック……様……？」

両足が力を失い、ずるりとその場に座り込む。オズワルドを放り出したフレデリックは、フィオナを腕の中に抱え込んだ。

オズワルドとフレデリックの視線が真正面からぶつかり合う。何が何やら、まったくわからないフィオナは目を白黒させるだけだった。

「フィオナに手を出すのはやめていただきたい」

「公爵家をつぶしてもいいんだぞ」

フィオナに自分の劣等感を告白して気が高ぶっているのだろうか。今のオズワルドは、冷静な判断力を失っているらしい。

公爵家をつぶすなど、とんでもないことを言い出した。

――私のせい？

王家からの使いを信じて、フィオナが外出しなかったら。今、こんな事態は起こっていなかっただろうか。

「それは無理ではないかしら？」

オズワルドの低い声にかぶせるように思いもかけない声が聞こえて、フィオナはすさまじい勢いで声の方に向き直った。

冷え冷えとした声を発したのは、ここにはいないはずの王妃であった。

「――陛下。公爵家を敵に回すおつもりですか？」

「あ、いや……これ、は……」

フィオナは目を丸くし、オズワルドは固まってしまった
王妃の前に出たオズワルドは、今までの傲慢な態度が嘘のようにしゅんとしてしまった。

冷えた目でオズワルドを睨んだ王妃は、嘆かわしいといった様子で額に手を当てる。

「まさか、私が気づいていないとでも？　あなたが公爵夫人に興味を持っていることぐらい、最初から気づいていました」

ぴしゃりと言われ、オズワルドの肩が落ちる。だが、王妃の攻撃はそこで終わりにならなかった。

「私一人を愛するのではなかったのですか？　私があなたを愛し、信頼したのは間違いだったのかしら」

「……いや、だから、それは……」

「言い訳なんて聞きたくありません」

「……モニカ！」

ぷいと顔をそむけた王妃は、オズワルドに名を呼ばれても振り返ろうとはしなかった。

なおもすがるオズワルドは、王妃の腕をつかむがそれもまたぴしゃりと跳ねのけられる。

「公爵夫人、あなたもですよ。私は、あなたに警告したではありませんか」

「……え？」

警告、されていただろうか。

だが、レナと挨拶に赴いた時、王妃がフィオナにだけ妙に含みを持たせた発言をしていたのを思い出す。おそらく、あれがそうだったのだろう。

「……申し訳ございません」

王妃の警告を聞き逃してしまったのだから、弁明はできない。フレデリックの腕から身を離し、深々と頭を下げた。

「社交経験の少ないあなたに気付けというのは、荷が重かったかもしれませんね。公爵にも話をしておいて、正解でした」

ちらり、と王妃はフレデリックに目をやる。もしかしたら、今日急に視察に赴いたのにここにいるのも、王妃の手配りなのかもしれなかった。

それから王妃はフレデリックとフィオナに向かって、改めて謝罪の言葉を口にする。

「公爵、それから公爵夫人。今日は迷惑をかけました」

「いえ、王妃陛下が頭を下げるなど――」

慌ててフレデリックが止めに入る。王妃は、そんな彼を見て申し訳なさそうに眉を下げた。

「王宮に部屋を用意するので……と言いたいところだけれど、今日のところはお帰りなさい。私は、陛下としっかり話し合いをしないといけないので」

フレデリックやフィオナに向けるのと、オズワルドに向ける表情はまるで違う。睨まれているのはオズワルドなのに、なぜかフィオナまで背筋が冷えた。

「……フレデリック」

情けない声で、オズワルドがフレデリックを呼ぶ。嘆息したフレデリックは、オズワルドの方に向き直った。

「今回は王妃陛下にお任せするが、次はない」

フレデリックも表情には出さないようにしていたけれど、腹に据えかねていたらしい。情けない声で引き留めようとするオズワルドにはかまわず、フィオナを連れて退室した。

屋敷に戻るまでの間、二人とも無言だった。

——聞きたいことはたくさんあるけれど……。

フレデリックの居間へと入り、先に口を開いたのはフィオナだった。

「フレデリック様は、視察に行かれたのではなかったのですか？」

「この時期に視察に行く必要がない場所だったからな。そこへ王妃陛下から使者が来た」

以前から、フレデリックはオズワルドの動きに妙なものを感じていたらしい。

フィオナはまったく気づいていなかったのだから、これはもう経験値の違いとでも言うしかないだろう。

そんな中、王妃からも連絡があり、連携して動くことにしたらしい。二人の勘違いならいい、だが、もしオズワルドが何か企んでいるのなら。

そう勘を働かせられたのだから、フィオナとは積み上げてきたものが違う。

まさかああいった形でフィオナを犯そうとするとは想像もしていなかったらしいけれど、王として許されない行動に出ようとしているのではないかと考えていたらしい。

それで急な視察の命令に、嫌なものを覚えたそうだ。

「視察の方は、王妃陛下が代理の者を行かせてくださった。本当に視察が必要な可能性は否定できない、と。だが、今夜のことを考えると……」

フレデリックは額に手を当てる。たぶん、「今回の視察は必要のないものだった」と続くのだろう。

「すまなかった。もう少し早く行ければよかったな」

「少し、触れられただけです」

摑まれた手首はまだ痛いし、触れられた肌には嫌なものが残っているように感じる。だが、こうしてフレデリックが助けに来てくれたから、今は大丈夫だ。もう、大丈夫。

「フィオナは、後悔しているか？」

フィオナの手首に目を落としたフレデックは、申し訳なさそうな顔になった。

「何をですか？」

「俺と結婚したことを」

それは、フィオナにとっては突拍子もない質問だった。フィオナは目を丸くする。

「まさか！　後悔する必要、あります？」

たしかに最初は義務的な関係だったけれど、そんな中でもフレデリックはフィオナときちんと向き合おうとしてくれた。

与えられたものがあまりにも多かったから、逆に申し訳なくなっていたほどだ。

「出会い方はあんな形だったけれど、私はフレデリック様と出会えてよかったと思っています。これは、嘘じゃありませんよ」

フィオナの方から伸び上がった。フレデリックの唇に、自分の唇を押し付ける。

今まで何度もキスをかわしてはきたけれど、フィオナから口づけたのは初めてのことだった。

「あなたに出会えてよかった。嘘じゃありません」

心からそう告げた。

フレデリックに会えてよかった。人生を共に歩むのが彼でよかった。

「……あなたを、愛しています」

その言葉を言った途端、自分の中で何かが変わったような気がした。

フィオナは、フレデリックを愛している。心から愛している。

今までは、そう考える度にどこかで後ろめたさを感じずにはいられなかったけれど、今は素直に認められる。

「……参ったな」

ふいにフレデリックがそんなことを言うものだから、フィオナは首をかしげた。

「何がです？」

「俺からきちんと告げるつもりだったのに、君に先に言われてしまった。改めて言おう。フィオナ、君を愛している」

どうやらフレデリックも同じ気持ちだったらしい。

今度は、フレデリックの方から口づけられた。そっと触れるだけの甘いキス。フィオナは幸せを感じながら微笑んだ。

彼の体温が心地よくフィオナを包んでくれる。満たされている。

強く抱きしめ合えば、伝わってくる彼の鼓動。いつもより少し、速い気がする。

「こんなにも誰かを愛することができるとは思っていなかった」

耳元で囁かれる声が、甘く聞こえる。うっとりと彼の声に耳をゆだねていたら、すっと膝の裏に手が回された。

「えっ⁉」

ためらうことなくフィオナを抱き上げたフレデリックは、寝室へと続く扉を開く。

いきなり抱き上げられたことに驚きの声を上げたものの、それ以上は何も言わず、フィオナは素直に運ばれた。ここで余計なことは言わない方がいいと思ったから。

ベッドに優しく下ろされて、わずかにきしむ音にフィオナの期待は煽られた。

どうしよう、こんなにも彼が欲しくなっている。

引き寄せられたかと思うと、すぐに唇が額に触れた。

そっと触れて離れたかと思えば、頬と瞼にも口づけられる。最後に唇を何度も触れ合わされた。

触れ合わすだけでは物足りなくなったフィオナが唇を開けば、すぐにフレデリックの舌が潜り込んでくる。

奪い合うみたいに舌を絡ませ合えば、耳の奥にくちゅくちゅと水音が響いて淫靡な気持ちになってきた。

シーツの上に倒れ込みながらフレデリックの背中に腕を回せば、今度は首筋に舌が這わされる。

ねっとりと味わうように舌を這わされると、熱い吐息を漏らすしかできない。

まるで全身が性感帯になってしまったかのように敏感になっている。

「あっ……」

肌に触れる衣服の感触さえも、愛撫の一つみたいだ。じわじわと炙られるような快感が、肌の奥底から這い上がってくる。

あっという間に身に着けているものすべてを奪われて、肌が露わになってしまった。恥じらうように身体を捻ったけれど、彼の目から逃れることはできない。

覆いかぶさってくるフレデリックは、器用に自分の衣服を脱ぎ始めていた。

「そのまま」

なおも身を捩るフィオナに短くそう言うと、フレデリックは再び唇を塞いできた。口内を縦横無尽に走り回る舌に、漏れる息に甘い喘ぎが混ざり始める。

舌を絡ませながら胸に触れられた瞬間、ピリッとした刺激が走り抜けた。

「んっ……」

ゆっくりと胸を揉まれているだけなのに、恥ずかしいほど感じてしまう。彼の指が先端に触れる度に身体が大きな反応を返す。

胸の頂を吸い上げられて、そこからじんわりとした気持ちよさが広がっていく。身体の芯までその感覚が伝わるのに、それほど時間はかからなかった。

こうなったらあとはもうフレデリックにいいようにされるだけ。

脇腹を撫でられて身を捩ったかと思えば、腿の内側に入り込んできた手を阻むように膝を締め付ける。

だが、違う場所に口づけられたら、そんなささやかな抵抗はあっけなく失せた。

「んっ……」

腿の付け根を撫でられ、ぞくりとした感触に身震いしたと同時に、指が秘裂へと潜り込む。

その場所はもうすっかり濡れていて、歓迎するかのように中に入り込んできた指に食らいついた。

今日のフレデリックは性急だ。王宮での出来事が尾を引いているのだろうか。

いつものようにゆっくりと時間をかけるようなことはしない。あっという間に三本の指が入り込んで、中をかき混ぜるように動き回る。

「んっ……あっ……ああっ……」

声を上げながらフィオナはぎゅっと目を閉じた。今日はフィオナもどうかしているみたいだ。早く彼が欲しくてたまらない。

「フレデリック様……もう……」

耐えられなくなって、懇願の声を上げる。触れられる度に甘い痺れが走り、シーツの上で、幾度となく身体を跳ねさせた。

「今日は、俺も我慢ができないらしい」

フィオナの柔らかな身体とフレデリックのよく鍛えられた身体。座ったフレデリックの上にまたがるような姿勢を取らされ、至近距離で見つめ合う。

フィオナから、腕を彼の首に回した。

顔を寄せれば、奪うようにキスされる。喘ぐように唇を開くと、すかさず舌が滑り込んできた。

舌先を強く吸い上げられたかと思えば、舌でつつくようにされて、フィオナの唇から甘い声が漏れた。

「あっ……ああっ……」

下半身が熱くなってくる。気がついた時には自分から、下腹部をフレデリックに擦りつけるようにしていた。

なんて淫らなんだろう。頭の奥の方からそう囁きかけてくる声も聞こえたけれど、止まらなかった。

「腰を上げて」

耳元で囁かれて、彼の首に回していた腕をほどく。

ゆっくりと腰を上げれば、脚の間に熱いものがあてがわれる。ぐっと腰をつかまれて、一気に奥まで突き上げられた。

「ああぁっ……」

あまりの刺激に目の前に火花が散ったような気がした。その衝撃がおさまる前に、再び強く突き上げられる。

それだけで、軽く達してしまったみたいだ。部屋に高い声が響いた。

でも、これだけでは足りない。

背中を駆け抜ける快感に逆らうことなく、フィオナも自ら腰を揺らし始めた。

その動きに合わせるようにフレデリックも奥を突き上げてくるから、簡単に悦楽にさら

われそうになる。

「ん、あぁっ……」

あっという間に上りつめそうになったところで不意に動きが止まった。物足りなさに声を上げれば、そのまま後ろに押し倒されて、今度はフィオナが下になる。

膝を強く折り曲げられて、普段は刺激されないような奥の奥まで突き入れられる。

何度も何度も奥を突かれて、フィオナはあっという間に絶頂を迎えた。それでも彼の動きは止まらない。

むしろ激しくなる一方。こんな獣みたいな交わりは知らなかった。

激しい律動に耐えながら、フィオナは懸命に全身で彼を感じ取ろうとする。

「愛している」

フィオナを追いつめながらも、囁かれる言葉。その言葉が、こんなにも嬉しい。

「わ、私も……フレデリック様のこと、ぁんっ」

奥に打ち込まれて、絶頂に導かれる。それでもまだ、フレデリックの動きは止まらない。

何度も何度も執拗に奥を突き上げてくる。

「やっ……もう……あっ……」

快感にのまれながら、フィオナも腰を動かしていた。やがてひときわ強く突き上げられ、中で彼のものが脈打っているのを感じた。同時に熱いものが注ぎ込まれる感覚も。
お互いに荒い息を繰り返しながらも見つめ合う。妙に満たされた気がした。
フレデリックの手が優しく頬を撫でてきて、フィオナはその手に自分の手を重ねた。
あの時、自分からこの手を摑みにいったからこそ、今の幸せがある。
二人の関係は、ここからまた新たな展開を迎える。そんな気がしてならなかった。

【エピローグ】

今日は仕事抜きでレナとお茶の時間を楽しんでいたら、応接間の扉が開かれた。

「ランティス支部長……だよな?」

入ってきたフレデリックは、扉を開いたところで立ち止まった。フィオナと向かい合ってお茶を飲んでいるレナに目をとめ、眉間に皺を寄せる。

今日のレナは、青いドレスを身に着けていた。もちろん、ミスティックブルーである。

今までは後ろで一本にまとめていた髪も、きちんと結われている。

複雑な光を放つ青いドレスに似合う白い真珠で身を飾ったレナは、どこから見ても美しい女性だった。商会で働く時の面影は、どこにもない。

「……どういうことだ」

長い沈黙の末、フレデリックはようやくそれだけを口にした。

「この国では、女性が商売をするのは好まれませんからね。男性の服を着ていれば、それが緩和されますから」

すました顔で、レナはティーカップに口をつける。まったく悪びれていないレナの様子に、フレデリックは毒気を抜かれたようだった。

「だが、しかし」

「まさか、あなたが私を男性だと信じているとは思ってもいませんでしたが」

口元に手を当ててくすくすと笑う姿は、完璧な淑女。

レナート・ランティスとしてランティス商会を率いてきたレナの本名はレナータ・ランティスである。

この国では、女性が働くのは好まれない。

そしてこの国には限らないのだが、レナのように若い女性の場合、取引相手に侮られることも多いそうだ。

商会長の発案で、仕事の時は男性名を名乗って男装することにしたという。

そうすることで取引相手は、一応は話を聞いてくれるようになったそうだ。もしかしたら、本当に男性だと思っている人もいるかもしれない。

もちろんフィオナは知っていたけれど……そう言えば、フレデリックには話をしていなかったような。だって、こんなに美女なのに気づいていないとは思わなかった。

「……そうか」

嘆息したフレデリックは、そのまま額に手を当ててしまった。

――まさか、気づいて……いいえ、私もきちんとお話をしていなかったから。

今の今までフィオナも認識していなかったが、レナとフレデリックの初対面。レナは「レナート・ランティス」と仕事をする時の名で自己紹介した。フィオナはレナのことをずっと愛称で呼んでいたし、レナが女性だとあえてフレデリックの前で口にしたこともなかった。

「ああ、いや、いいんだ……俺の早とちりだっただけで――だが、わざとやっていただろう」

言葉の後半は、レナに向けたもの。じっとりとした目を彼女に向けている。

「それはどうでしょう？」

そう言うレナの方を見れば、にやにやとしている。気づかなかったフィオナもたいがいだけれど、絶対わざとやっていた。

後日改めてしっかり話をしないといけないかもしれない。

――なんて言っていられるのも、全部片付いたからよね。

のんびりできるだけの平和を取り戻したのは、フィオナが王宮に呼び出されてから十日後のことだった。あれから、いろいろと事態は目まぐるしく動いた。

「それで、フィオナ。陛下はどうなった？　そろそろ結論は出たのかな？」

女性の服装をしていても、レナの言葉遣いは変わらない。いつも通りの彼女だ。

今回王宮に呼び出されたのはフィオナだけだが、ランティス商会の品が使われたとなるとレナも関係者となる。話を聞く権利はレナにもある。

「さすがに、今回の件は公にできなくてな」

と、フィオナの隣に座ったフレデリックは渋い顔。だが、公表することに意味がないのも事実。

王家と公爵家の間でこの十日の間幾度も協議を重ねた結果、オズワルドのやらかしについては公表しないことになった。

「その方がいいな。人の噂は思わぬ方向に捻じ曲がることも多いし。フィオナが陛下と何かあったなんて噂になったら」

「許さないぞ」

レナの言葉を、フレデリックは途中で遮った。噂だけでも許せなかったらしい。

それを嬉しいと思ってしまうのだから、最近のフィオナはどうかしているのかもしれない。

「フィオナは王家との関わりは最小限にすることになった――王妃陛下の呼び出しはあるかもしれないが、その時は俺が同行する」

「閣下は心配性ですね」

「……他に、取れる手段というのもそう多くないからな」

先ほどから、レナはにやにやしっぱなしだ。こんな表情の彼女を見るのは珍しい。対してレナに向けられているフレデリックの顔は渋い。

このところ、フレデリックはすっかり渋い表情が板についてしまった。早いうちに解消されるといいけれど。

――それに、陛下はすっかり王妃陛下に頭が上がらなくなってしまったみたいなのよね。

フレデリックから聞いたところによれば、あれ以来、オズワルドは完全に王妃の尻に敷かれてしまっているのだとか。

オズワルドより一つ年上の王妃は、今まではオズワルドを立てていたが、今後はもう少し厳しくしていくことに決めたそうだ。

気の毒だとは思うが、自分のしでかしたことなので責任は取ってほしい。王妃はしっかりオズワルドの手綱を握ってくれるだろう。

「伯爵家の方は？」

レナの興味は、伯爵家へと移る。

「それなりの罰を受けることになったという感じかしら」

オズワルドに偽物のミスティックブルーを持ち込んだのは、ミリセントだったらしい。ランティス商会の品に不備があるとあの園遊会で訴えていたのだそうだ。

二人で話し込んでいるとは思ったが、そんな話をしていたとは。

実際のところ、ミリセントはランティス商会とは別の店で布地を買ったらしい。多数出没している偽物をつかまされたわけだ。

オズワルドはミリセントに提出させたミスティックブルーを利用して、フィオナを呼び出すことにしたようだ。

公式には罰せられていないが、ミリセントはある意味罰を与えられた形だ。

偽物のミスティックブルーを持ち込んだ件については、騙された被害者ともいえる。ミリセントがオズワルドに渡した布をオズワルドがどう使おうが、ミリセントには知るすべはないのだから。

だが、ミリセントは王妃の「出入り禁止一覧」に入れられたという話もフレデリックから聞いている。今後、王妃の開く催しにミリセントが呼ばれることはない。

フレデリックも、マーセル伯爵家とは友好的な関係を築くつもりはないとあちこちで話をしているから、伯爵家は貴族達から遠巻きにされることになる。

それは、あの伯爵家の人達にとっては耐えがたい屈辱だろう。

王妃が距離を置きたがっているミリセントと結婚しようという男性を見つけるのも難しくなるはずだ。

「まあ、あの家のやり方にはいろいろと問題があったしね。我が商会としても、今回の件は閣下のおかげでいい方向に向かいそうだし」

と、レナはにんまりとする。

ミスティックブルーの粗悪品については、フレデリックが徹底的に摘発に乗り出してくれた。関わった者達は全員捕らえられ、厳罰に処されることになっている。

それだけではなく、ミスティックブルーは王家御用達となった。

他にも王妃はランティス商会の商品をいくつか御用達としてくれた。王家御用達商品となれば、品質も保証される。今後、ランティス商会の商品を欲しがる人は増えるだろう。

今回の一件で、それだけはよかったかもしれない。

「では、フィオナ、今日はお招きありがとう。閣下、これで失礼いたしますね」

にっこりと笑ったレナは、颯爽と引き上げていった。

これからも仕事の時には男装するそうだけれど。

「……彼女、最初からわかっていたんだな」

　立ち去るレナを見送って、フレデリックがつぶやいた。

「最初からって何を、ですか？」

「俺が、君に好意を持っているということを。必要以上に君にべたべたしてみせて」

「そんなのいつもの――」

　と、これまたようやくここで気づく。

　レナが男装のままでいたのも、フィオナとの距離をいつも以上に近くしていたのも。フレデリックをたきつけているつもりだったのだろう。

　レナの策がはまったとは言えないけれど、フィオナがまったく気づいていなかったフレデリックの感情に、先に気づいていたとは。道理でにやにやしっぱなしのはずである。

「かないませんね」

　くすりと笑うと、フレデリックは複雑な顔になる。やはり、いろいろ思うところはあるらしい。

「……とりあえず、今日の仕事は終わりだな？」

「ええ、終わりました」

　ぐっとフレデリックはフィオナを自分の方に引き寄せる。

「それなら、今からは俺と過ごそうか」

「何をしますか？」

「まずは、話を。今日は、聞いてほしい話がたくさんあるんだ」

フレドリックは、ひょいとフィオナを抱き上げる。ためらいなく彼に身を任せたフィオナは、幸せをかみしめた。

あとがき

このあとがきを書いている現在、気温が上がったり下がったりで乱高下。クーラー入れた翌日に、湯たんぽ抱いて寝ました。ここまで気温の上下が激しいのは、生まれて初めての経験です。

何より困っているのが、衣替えのタイミングです。真夏の服はさすがに片づけましたが、秋っぽい色合いの半袖はいつしまえばいいのでしょう……？　この本が出る頃には、外出時にはコートが必須になるはずなのですけれども。今年は、色鮮やかなストールを足してやると今から探しています。

それはさておき、本作は子供を作ることと離婚が前提の二人のお話です。主人公のフィオナは思っていたよりもたくましい令嬢になりました。レナとの友情は、これからも長く続くはずです。

フレデリックも、彼なりの真面目さが違う方向に走った末のこととはいえ、最初の出会いは誉められたものではなかったですが、最終的にはフィオナがとても大事になったのでよしとしましょう。

今回、イラストはｋｕｒｅｎ先生にご担当いただきました。美しいカバーイラストに一瞬で目を奪われました。挿絵もどれも素敵です。主役の二人もそうなのですが、膝をついているレナもとても美しい……！　お忙しいところお引き受けくださり、ありがとうございました。

本作より御担当いただいている新担当者様、大変お世話になりました。今回は、途中での引き継ぎとなり、いろいろ大変だったことと思います。今後もどうぞよろしくお願いします。

ここまでおつき合いくださった読者の皆様もありがとうございました。

『離婚前提子づくり婚！のはずでしたが冷徹公爵さまの溺愛に囚われました』楽しんでいただけたでしょうか。ご意見ご感想お寄せいただけましたら幸いです。

七里瑠美

離婚前提子づくり婚!のはずでしたが冷徹公爵さまの溺愛に囚われました

Vanilla文庫

2024年12月20日　第1刷発行　定価はカバーに表示してあります

著　者　七里瑠美　©RUMI NANASATO　2024
装　画　kuren
発行人　鈴木幸辰
発行所　株式会社ハーパーコリンズ・ジャパン
東京都千代田区大手町1-5-1
電話　04-2951-2000（営業）
0570-008091（読者サービス係）
印刷・製本　中央精版印刷株式会社

Printed in Japan ©K.K. HarperCollins Japan 2024 ISBN978-4-596-72038-2